春雨经典·中外文学精品廊

THE ESSAYS
OF FRANCIS BACON

培根随笔

[英] 培 根◎著

许诗焱◎译

青|少|年|彩|绘|版

江苏人民出版社

图书在版编目（ＣＩＰ）数据

培根随笔 / （英）培根著；许诗焱译. -- 南京：
江苏人民出版社，2017.2（2018.5重印）
（中外文学精品廊：青少年彩绘版）
ISBN 978-7-214-20408-0

Ⅰ. ①培… Ⅱ. ①培… ②许… Ⅲ. ①随笔-作品集
-英国-中世纪 Ⅳ. ①I561.63

中国版本图书馆 CIP 数据核字（2017）第 051371 号

书　　　名	中外文学精品廊　培根随笔

原　　　著	［英］培　根
翻　　　译	许诗焱
责 任 编 辑	许尔兵
责 任 校 对	孟盼盼
封 面 绘 画	周渝果
插 图 作 者	沈克菲
出 版 发 行	江苏人民出版社
出 版 社 地 址	南京市湖南路 1 号 A 楼，邮编：210009
出 版 社 网 址	http://www.jspph.com
印　　　刷	北京市蓝创印刷有限公司
开　　　本	710mm×1000mm　1/16
印　　　张	12.5
字　　　数	154 千字
彩 色 插 图	10 幅
版　　　次	2017 年 2 月第 1 版　2018 年 5 月第 3 次印刷
标 准 书 号	ISBN 978-7-214-20408-0
定　　　价	24.00 元

（江苏人民出版社图书凡印装错误可向承印厂调换）

目 录

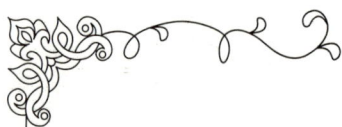

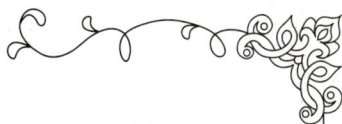

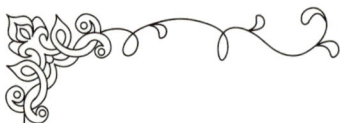

"知识就是力量"

——走近培根的尘世智慧

不论是学生在考试时写作文还是领导在大会上做报告，不论是正式出版的报刊社论还是随意推送的微博微信自媒体，大家都喜欢引用几句名人名言来佐证自己的观点，增强说服力。如果按照书中内容被引用的次数列一个书籍排行榜，那么，《培根随笔》一定位列其中。很多大家耳熟能详的"金句"都出自培根的这部名作。比如下面这句：

"知识就是力量。"——简直堪称"金句之王"，就算你自己没有引用过，你的老师、父母在教育你时一定引用过，而且绝对不止一次。

还有更多：

"幸运并不意味着没有恐惧和厌恶，厄运也并不意味着没有宽慰和希望。"——这句最常出现的地方应该是微信朋友圈中层出不穷的"心灵鸡汤"推文中。

"如果你考虑两遍以后再说，那你说得一定比原来好一倍。"——非常接地气的建议，多次入选热门网站上的"成功人士必修课"。

这些来自《培根随笔》的"金句"本身并没有问题，但是如果我们仅仅止步于反复引用它们，就会出现问题——我们忽略了对蕴含这些"金句"的文本的深层阅读。其实，《培根随笔》的意义远远大于为我们提供这些碎片似的"金句"。如果你静下心来阅读全文，就会发现培根在这本书中所表现出的高超的写作技巧。首先，不论是多么复杂纠结的论题，培根总能在一开篇就一语中的，单刀直入地呈现一个让人五体投地的观点。接下来的论述则更为精彩，结构严谨、逻辑清晰。作者又不时运用贴切而形象的比喻，一针见血地点出问题的关键所在，让读者在不知不觉中被他完全说服。同时，整体行文风格流畅自然、收放自如。细读每一篇随笔，培根的语言总是让人感到如沐春风，它措辞精炼、句式整齐、音韵和谐、朗朗上口，犹如精辟而隽永的诗歌。还有一点特别值得一提：《培根随笔》中的语句不但经常成为被引用的格言警句，而且培根本人在论述过程中也经常旁征博引。他所引用的材料既有欧洲的历史典故、古代的名人轶事，也有宗教经典中的教义，这些引用看似在论述过程中不经意地穿插——用英语来说就是"effortless"，但在"effortless"表象的背后，培根花了很多工夫学习、钻研——再用英语说，就是花了相当多的"efforts"。这种"effortless"与"efforts"之间所形成的悖论，在生活中的很多方面都有体现。

现代社会生活节奏快，我们也不免急功近利：我们的耐心和坚持越来越少，总是希望达到用最少的"efforts"换取"effortless"那般的最佳效果。就拿阅读来说，大家都喜欢阅读微信朋友圈、微信公众号上的碎片信息，总是被标题吸引，打开正文后匆匆看两眼又马上点开另外一个链接；我们幻想在一篇网文中寻找"干货"，希望发财致富、人生辉煌的秘密能够被言简意赅和盘托出；我们不想花时间看大部头的原著，却只愿意迅速浏览微信推送的原著中早已成为经典的只言片语,比如古今中外最出色的名著开头、不同时代的女性作家对婚姻的论述等。以前我们的阅读是看书,现在我们的阅读是"刷屏"。大家一边抱怨阅读的肤浅化,一边却还在不停地"刷屏",并且"刷屏"的速度越来越快。

要想克服这种肤浅化的阅读,那自然就应该追求深度阅读。现在大家都很忙,用来阅读的时间十分有限,因此深度阅读的前提是选择一本值得你去深度阅读的书。笔者在大学工作,经常接触学界大咖,根据他们的经验,读书应该首选思想源头、知识源头,也就是第一手的材料,而不是那些二手贩卖的东西。就《培根随笔》而言,应该读培根所撰写的原文,而不是浏览微信段子手编辑整理的各种心灵鸡汤。

做出选择之后,为了保证深度阅读的完成,还要制定一个阅读计划。每天规定一段时间,专门用来安安静静地阅读。深度阅读的姿态,就是尽可能让自己沉浸进去,把手机放远一点,躲到一个僻静的角落,安安静静看书。借用网上点击率颇高的一段话:"手机切到飞行模式,让它变成一块砖头。你沉浸到书里面去,进入心流状态,保护你的心流,不要让它被随意打断。"毕飞宇老师对阅读状态的描述更为形象:"刷牙、洗脸、洗脚、上床,把自己裹暖和了,把阅读的架势端足了,然后,一页一页地反刍。我是一头年轻的、懒散的、暖洋洋的公牛,我得含英咀华。"至于具体的阅读计划,我们再以《培根随笔》为例。本书共包含59篇相对独立的随笔,每天静下心来细细品读两三篇,一个月左右也就读完了,并没有想象中的那么困难,读完了《培根随笔》,再制定阅读其他书籍的计划,慢慢积累起阅读的量,才可能有质的变化。中国的老话"熟读唐诗三百首,不会作诗也会吟",应该就是说明"从量变到质变"的道理。

在深层阅读的过程中,还有一点不容忽视,那就是批判性思考。比如,培根为人生提供了如此全面的教诲,他的这些人生经验到底从何而来? 对于书中所论及的各种美德,他自己是否一直身体力行? 著名学者杨周翰在《17世纪英国文学》一书中曾对培根的一生有如下描述:

培根(Francis Bacon,1561—1626)的父亲尼古拉·培根爵士(Sir Nicholas Bacon)在亨利八世朝廷做过官,玛丽女王在位时(1553—1558),因为他信新教,丢了官,伊丽莎白一世时,任掌玺大臣。培根18岁时,父亲去世,这时他已经从剑桥大学毕业,在伦敦学法律。他是次子,没有继承权,必须自己谋生(他经常债务缠身),从头做起。可能是经他的姨夫、伊丽莎白的财务大臣老勃利勋爵(Lord Burgley)的活动,他在1584年当上了下议院议员。此后勃利也因为培根的清教徒倾向,尽管培根一再请求,也不再提拔他了。但培根从小就生活在大官僚群里,耳濡目染,热衷功名利禄。在官场,他卑躬屈膝,阿谀奉承,以至背叛朋友,忘恩负义。但是终伊丽莎白一朝,他未得重用。只有一次,在审判女王宠臣埃塞克斯伯爵叛国案时,他被破格准许参加审判。在审判过程中,培根出了大力,把他过去的恩主定了罪。在苏格兰的詹姆斯六世即位为英格兰王(称詹姆斯一世)后,培根又是曲意奉承,终于做了检察长、掌玺大臣。1621年晋封子爵,一直做到大法官这个最高官阶,这时培根57岁。三年后他被控受贿,他自己也承认贪污失职,从此罢了官。

这段文字一定让你感到迷惑——培根到底是怎样一个人? 正如杨周翰先生所说:"他一方面积极钻营,看风使舵,一心想做大官,而且终于做了大官;一方面又热心从事学术和科学研究,而且成为一个划时代的哲学家。一方面是趋炎附势的政客（所谓 time - server），一方面又是真理的追求者（所谓 truth seeker），岂不矛盾？"十八世纪著名诗人蒲伯也意识到了培根身上的矛盾性："你若爱才，培根才华照人，他是人类中最有智慧、最光辉、最卑鄙的一个。"对于这种矛盾性，杨周翰认为并不奇怪："权力地位象征力量，'知识就是力量'，两者是达到同一目的的不同手段。有了权力可以统治人类社会，有了科学知识可以置大自然于人的统治之下（Regnum Hominis），利用自然，繁殖财富，而知识是一切力量的源泉。……他的论道德修养的论说文也好，他的政治活动也好，他的哲学著作也好，并不存在什么矛盾，而是统一在对力量的追求上，也统一在注重实际上。为了实际，可以不顾一般的所谓的道德，不择手段。这是典型的文艺复兴时期的时代精神。"

　　杨周翰先生对培根的批判性思考为我们理解培根本人以及《培根随笔》打开了一扇新的窗户。当然你也可以有自己的观点，有不同于杨周翰先生的结论。关键是，你要在阅读的过程中进行批判性思考。所以，阅读绝不仅仅发生在把书打开又把书合上这两个动作之间，这只是阅读活动中最表层的部分，更重要的是，要在阅读的过程中积极主动地进行批判性的思考。只有这样，书中的知识才能真正转化为你所拥有的力量。现在就让我们从这本《培根随笔》开始真正意义上的阅读吧！

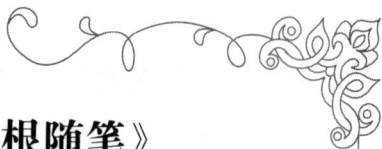

中外名家眼中的培根和《培根随笔》

　　培根用客观冷静的笔调写这些短小精悍的说教文章。他不追求抒情效果，不卖弄幽默风趣，不谈自己。所以读培根的随笔，你听不到作者灵魂的絮语，也不像与一位朋友在娓娓谈心，倒好像是在听一位高人赐教，一位法官判案。

—— 蒲　隆

　　《培根随笔》语言简洁，文笔优美，说理透彻，警句迭出，几百年来，深受各国读者欢迎，据说有不少人的性格受到这本书的熏陶。

—— 曹明伦

　　弗兰西斯·培根的随笔给我们提供了一种尘世中的智慧，它让我们变得充满理性并洞明世事。

——［美］亨德里克·房龙

　　培根勋爵是一位诗人。他的语言有一种甜美而又庄严的节奏，这满足我们的感官，正如他的哲理中近乎超人的智慧满足我们的智力那样，他的文章的调子，波澜壮阔，冲击你心灵的局限，带着你的心一齐倾泻，涌向它永远与之共鸣的宇宙万象。

——［英］雪莱

　　他(培根)拥有高度的阅历，丰富的想象，有力的机智，透彻的智慧，他把这种智慧用在一切对象中最有趣的那个对象，即通常所谓的人世上。在我们看来，这是培根的特色。他对人的研究要比对物的研究多得多；他研究哲学家的错误要比研究哲学的错误多得多。

——［德］黑格尔

谈 真 理

真理是什么？彼拉多①曾戏言相问，但并不指望有人能作出回答。当然轻率无常的人认为固定一种信仰无异于自带枷锁，会羁绊思想与行为的自由。虽然此类学派的哲学家都已经过世，但仍有一些巧舌如簧之士与他们一脉相承，尽管其精力已大不如前。

人们之所以偏爱谎言，不仅缘于探求真理之艰辛，以及真理对人们思想之束缚，更是因为人们对谎言的天生贪爱。古希腊某晚期学派曾经考察过这个问题，但对于人们酷爱谎言的原因仍然不得其解。如果说诗人弄虚以寻欢，商人作假以逐利，则世人喜欢说谎，仅仅是为了说谎而说谎了。对于这个问题，我也不能妄下结论，真理是一种无隐无饰的白昼之光，若要映衬出世间种种舞会、演出或庆典的优雅高贵，此光远不及灯烛

---

① 参见《圣经·新约·约翰福音》第18章第38节。彼拉多是古罗马时犹太总督，这是他审耶稣时的发问。

之光。真理之价可贵如珍珠,在日光之下尽显璀璨,但不可能贵如钻石和红玉,在五彩光线点缀下尽显辉煌。掺杂错觉与假象之物总能为世人添乐。若能如人所愿摆脱脑海中的空论、妄念、误断、怪想,那么剩下的将仅是贫乏而干瘪的头脑,充斥其间的也仅是忧郁、嫌恶和自我厌烦,对此有人质疑过么?

曾有位先人厉责诗歌为魔鬼之酒,因其能满足人的想象力,但实际上诗歌不过是谎言的影子而已。真正有害的并非心中一闪即逝的谎言,而是上文所提及的沉积心底、安如磐石的虚假。但是无论这些虚假怎样根植于人类堕落的判断力和情感之中,真理始终是人性至善,它只接受自身的审判,它教导人们追求真理即对之爱慕,认识真理即与之相随,信仰真理即享之为乐。上帝创世时最先创造感觉之光,而最后创造理智之光,此后安息而仍以其圣灵启迪众生。最初他呈现光明于万物以别混沌,继而呈现光明于人的面庞以启迪心灵,如今他仍然为其民众的面庞增添灵光。那个为伊壁鸠鲁学派①增光使其不逊于别派的诗人说得非常好:"伫立于岸边遥望船只颠簸于海上可谓乐事;据守城堡而倚窗凭眺将士酣战脚下亦谓乐事。然而这些都无法媲美于登临真理之巅之乐。立于此巍然高耸且空气清新宁静的峰顶可一览溪谷下的谬误、彷徨、迷雾和风暴之变。"但观望此景须怀怜世之心,切勿妄自尊大。一个人的心若能以仁爱为动机,以天意为归宿,且以真理为轴而转动,那此人的生活可谓地上的天堂了。

从神学、哲学真理到为人处事的真诚,需要承认的是不论人们遵守与否,公开正直的行为都是人性之荣光。弄虚作假犹如往金币银币中掺杂

①伊壁鸠鲁学派:西方最有影响的哲学流派之一。其学说广泛传播于希腊—罗马世界。其著名代表有卢克莱修。卢克莱修以长诗《物性记》阐述学派抽象的哲学概念。

合金,虽然方便铸造,但却贬损了它的价值。此类不端行径是典型的蛇行方法,蛇无足可用,只能卑贱地用其肚腹行走。最让一个人蒙羞的莫过于他被发现作假或背信弃义。因此蒙田的说法可谓恰如其分,当他探究谎言为何这般可耻时说道:"深究此事,说一个人说谎其实就是说他不畏上帝而惧众人。说谎者敢于面对上帝,而畏避世人。"①曾经有个预言,说基督重新降临地球之日,他将在此找不到真实,因此谎言可说是请上帝来审判人类全体的最后钟声。这个说法对于虚假和背信之罪行的揭露最为高明。

---

①这句话出自于蒙田的《随笔》第 2 卷的第 18 章《论说谎》一文。蒙田,生活于 1553—1592 年,法国著名的散文家、文学家,其随笔集尤其享誉文坛。

谈 死 亡

成人畏惧死亡犹如儿童惧怕黑暗，儿童天性中对黑暗的恐惧随着听信传闻的增加而增加，成人对于死亡的恐惧也是如此。当然，将死亡视为罪孽的报应与通往天国的途径，这种想法充满神圣和虔诚。但若是畏惧死亡并将其视为向自然缴纳的贡品，这种想法则是懦弱的。

然而，虔诚的沉思中偶尔也会掺杂虚妄①和迷信。在某些修士的禁欲书中，你可以读到这样的文字：人们应当通过假想自己的手指被按压或扭曲来自我思考什么是疼痛，因此也可以通过想象躯体腐烂分解进而理解死亡的痛苦。其实，死上千遍万遍，其疼痛亦比不上肢体受刑所带来的痛苦，因为维系生命的最重要的器官并非是感觉最灵敏的部位。所以那位既是哲学家又是普通人的先哲说得很对："伴随死亡而来的比死亡本身

---

①虚妄：没有事实根据的，指一些不着边际的，不可捉摸的事物。

更可怕。"①呻吟、痉挛、惨白的脸色、朋友的哀悼、黑色丧服和葬礼,诸如此类都表明了死亡的异常可怕。

值得注意的是,人类心中的情感虽然脆弱,但并非无法抵御和克服对死亡的恐惧;当人类拥有那么多战胜死亡的帮手,那么死亡就不是可怕的敌人了。复仇之心战胜死亡,爱恋之心蔑视死亡,荣誉之心渴求死亡,悲痛之心奔赴死亡,恐惧之心预示死亡。而且我们还读到,罗马大帝奥托自杀后,哀怜之心——这一人类最脆弱的情感,驱使很多战士追随他为他殉葬,他们的死完全是出于对其君主的同情和耿耿忠心。

此外,塞内加认为苛求之心与厌倦之心也会使人舍生求死:"想一想你将同样的事情做了一遍又一遍,不仅勇敢和痛苦之辈想一死了之,连苛求之人也想一了百了。"尽管一个人并不勇敢也非不幸,但反反复复做同样一件事的腻烦之心也足以令他萌生死念。

同样值得注意的是,死亡的临近无法征服那些伟大的灵魂,直至生命最后一刻他们也始终如一不失本色。奥古斯都·恺撒临死前还在赞美其皇后:"永别了,莉维亚,勿忘我俩婚后共度的时光。"提比略病危之际仍从容面对病情,正如塔西佗所言:"他已体力衰竭,但从容犹存。"维斯帕芗大限临头之时还坐在凳子上戏言:"看来我就要成神了。"加尔巴死时仍引颈陈词:"砍吧,倘若这样做有利于罗马人民。"赛维鲁垂死时仍发号施令:"若还有什么我该做之事,速速取来。"诸如此类,不胜枚举。

毫无疑问,斯多葛学派②对死亡过于推崇,而由于他们对筹办葬礼过

---

① 古罗马哲学家、政治家、剧作家塞内加在《道德书简》第24篇说过此话。

② 斯多葛学派:塞浦路斯岛人芝诺(zeno)(约公元前336—前265)于公元前300年左右在雅典创立的学派;因为常在雅典集会广场的廊苑(英文Stoic,来自希腊文Stoa,Stoa原指门廊,后专指斯多葛派)聚众讲学而得名,是古希腊时代一个影响巨大的思想派别。

甚,反而使死亡显得愈加可怕。而我更赞同尤维纳利斯的说法,他认为生命的终结是自然的一种恩惠。生与死都是很自然的事,然而对于婴孩而言生与死却都很痛苦。一个人牺牲于执着追求之中恰如伤于热血沸腾之际般不觉伤痛;由此可见,坚定执着且一心向善的心灵的确可以避免死亡的痛苦,但尤其应当相信,当一个人实现其高尚目标和期望时,最美的颂歌莫过于:"主啊,如今请让您的仆人安然离世。"

此外,死亡还可以开启美誉之门并消除妒忌之心,正如常言所说:"生前遭人妒忌者,死后会受人爱戴。"①

①语见贺拉斯的《书札》第2卷。

谈宗教的统一

宗教是维系人类社会的主要纽带，这真是一件幸事，前提是宗教本身已经真正统一了。对异教徒来说，关于宗教的争论和分歧就像恶魔一样是他们闻所未闻的，因为他们的宗教并没有包含永恒不变的信仰，而只表现为仪式和典礼。他们的主要牧师和教会神父同时是诗人，由此可以想见，他们信奉的是怎样的宗教了。但是真正的神是具有嫉妒心的，因此对他的崇拜和信仰不得掺杂任何杂质，也不容他神分享。鉴于此，我们将简单谈一谈宗教的统一、统一的好处、统一的界限以及统一的方法。

除了能取悦上帝这至关重要的一点，宗教统一还有两点好处：一是针对教外人士的，二是针对教内人士的。对于教外人士来说，教会内的异端和分裂无疑是最恶劣的丑行，甚至比伤风败俗更有辱宗教。这就如同身体上的创伤或割裂，比血液的腐朽更糟糕，精神上也是如此，所以宗教不统一是阻止人们入教和异教徒流失的最重要的原因。因此每当遭遇这样的情形:有人说"看啊,基督在旷野",又有人说"看啊,基督在屋内",即每当有人在异端集会处寻找基督,而有人在教堂之外寻找基督之时,那种告诫的声音需不断在人们耳边回响:"不要出去。"那位异邦人的导师曾说过:"如果一个异教徒入教后,听到你们七嘴八舌争吵不休,他不会说你们疯了吗?而要是无神论者和世俗之徒得知教会里有这么多冲突和矛盾,情形也好不到哪里去,他们会远离教会而'坐上嘲讽者的席位'。"有一位讽刺大师在其虚构的一份书目中列出这样一个书名《异教徒的莫利斯舞①》,此事虽小,然而作为如此严肃问题的一个佐证,它充分暴露了异端的丑陋。异端教派各有各的姿态和卑鄙模样,这些表现只会引起天生爱诋毁神圣事物的世俗之徒和腐败政客的嘲笑。

宗教统一带给教内人士的好处就是包含着无限福祉的和平。和平可树立信仰,唤起爱心,使宗教表面的和平升华为内心深处的和平,且能使教徒们把撰写和翻阅争辩之作的时间用于修撰和阅览修行积善的著作上。

至于统一的界限,正确定位至关重要。眼下似乎存在两个极端。在某些狂热分子眼中,一切调和的言辞都可厌可憎。"这就是和平吗?和平与你何干?站到我身后去吧。"狂热分子关心的不是和平,而是结党营私。反之,某些老底嘉②派信徒和不冷不热者则认为他们可以用中庸之道调和宗教问题,立场不偏不倚,巧妙地解决矛盾,仿佛他们要在上帝和凡人之间作出公断似的。这两个极端都应避免。但要做到这一点,我们必须将救世主亲自订下的基督教盟约中的两条相反相成的条文解释得透彻清

①莫利斯舞:英国传统舞蹈,流行于民间。跳舞的人大多数为男子,身上系着铃铛,装扮成民间传说中的人物,模样很奇怪。舞蹈起源于西班牙,由莫尔人传入,故称为"莫利斯舞"。
②老底嘉:弗里吉亚的古代都市(也归属于卡里亚和吕底亚),建于安纳托利亚的吕卡上河(Lycus)河畔,邻近现代土耳其代尼兹利省的村庄。公元1119年,老底嘉因土耳其和蒙古人的入侵而遭到毁灭,今只剩颓垣。

楚:"不与我们为伍者即我们的反对者""不反对我们者即与我们为伍者"。也就是说,应将宗教中的实质性问题同那些不仅属于信仰还属于意见、秩序和意图的枝节问题真正区分开来。许多人认为这事微不足道而且已经得到解决,但倘若处理得少些偏颇,则会受到更普遍的拥护。

关于这一点,我仅提供一点小建议。人们应当注意勿以两种争论分裂上帝的教会。其中一种争论由驳斥引起,争论的要点无足轻重,不值得唇枪舌剑、大动肝火。正如一位先哲所说:"基督的衣袍的确无缝,但教会的外衣却五颜六色。"因此他说:"衣服可以多种多样,但不可裂开。"由此可见,完整与整齐划一是两个概念。另一种是争论的要点至关紧要,但发展得过于微妙晦涩,以致争论变得流于技巧而轻于实质。明理善断的人有时会听到无知愚昧之人发表不同意见,但他心里明白,这些意见虽然不同但都是一回事,然而无知者自己却永远不会这样认为。倘若人与人之间由于判断的不同而出现上述情况,我们难道不可以认为洞悉人心的上帝完全知道脆弱的人类有时言辞对立却用意一致,所以才接受双方意见的吗? 对于这样的争论,圣保罗在他关于本题的警告和训诫中已有精辟的阐述:"避免世俗的空谈,反对似是而非的荒谬争论。"人们创造出种种并不存在的矛盾冲突并赋予其新的名号,这些名号变得根深蒂固以致本应受内容支配的名号反而支配了内容。和平与统一也是有虚假的,有两种情况:一种是基于盲从的愚昧之和平,因为在黑暗中所有颜色都一样;另一种是依靠承认根本矛盾而拼凑起来的和平。在这两种情况下,真理和伪说就像尼布甲尼撒①王梦中那尊偶像脚趾里的铁和土一样,二者可

---

① 尼布甲尼撒(约前630—前561):巴比伦伽勒底帝国最伟大的君主,曾征服犹大国和耶路撒冷,并在他的首都巴比伦建成著名的空中花园。

互相黏附,但绝不会融为一体。

至于实现统一的方法,人们必须认识到,切莫在实现或加强统一的过程中废除和损毁仁爱的大义和人类社会的准则。基督徒有两把利剑,精神之剑与世俗之剑,两者在维护宗教信仰上都各司其能,各领其命。但我们不可拿起第三把剑,那就是穆罕默德之剑或与之相似的剑。也就是说,不可以通过战争来传播宗教或是以流血的手段来迫害人心,除非有公开的丑闻,否则不可以亵渎神明或是把宗教混于不利国家的行为中;更不能煽风点火,阴谋叛乱,教唆民众,诸如此类意在颠覆政府承天意而立的政权行为都应力避,因为这样做无异于用第一块石碑去撞击第二块石碑①,或者把人当作基督徒看,却忘了他们是人这一根本。诗人卢克莱修看到阿伽门农忍心献祭自己女儿时,惊呼道:

"宗教竟然能如此引人作恶!"②

如果诗人知晓法兰西的那场大屠杀或英格兰的火药阴谋,那他又会何言以对?恐怕他会变得更加安于享乐,更加不敬神明。因为那把世俗之剑为宗教而拔出时必须十分谨慎,所以将它放入普通民众之手是一件极其荒谬的事。这种事还是留给再洗礼派和其他狂热派去做吧。当魔鬼说"我要上升至云端,与全能的至尊媲美"③,这是对上帝极大的亵渎。但假使把上帝人格化,他说"我要下降至地狱,与黑暗之王为伍",那就是更大的亵渎了。如果让宗教堕落到谋杀君主,屠戮百姓,颠覆国家与政府的

---

①《圣经·旧约·出埃及记》记载,摩西引领希伯来人出埃及,过红海,到了西奈山。在那里,他传谕上帝在两块石碑上刻着的十诫,让人们遵守。第一块石碑上是人对神的责任,第二块是人对人的责任。

②特洛伊之战希腊最高统帅阿伽门农得罪了狩猎女神,女神使奥利港平静无风,船队因此停止不前。预言者告知阿伽门农说,必须将其爱女伊菲革涅亚献祭给阿耳忒弥斯。阿伽门农只好同意。在最后时刻,女神改变主意,将伊菲革涅亚带走,用鹿代替。而后阿伽门农得以借风进军。

③语见《圣经·旧约·以赛亚书》第14章第14节。

地步,那么这类残暴的恶行不是比上述渎神言行更恶劣吗？毫无疑问,这类行为就好比不把圣灵绘作鸽子而是画成兀鹰和渡鸦一样,或是和在基督教会的船上挂起海盗或凶徒的旗帜一样。因此当务之急是:教会借教义和教律,君王借其君权,学者借助教会和伦理的力量,就像手持墨丘利的魔杖①一样,把有助于上述罪恶的行径和邪说永远送下地狱,使其万劫不复,如同大多已经做过的那样。在有关宗教的讨论中,首推圣徒雅各的箴言:"世人的愤怒并不能成就上帝的正义。"②还有位睿智的先哲的说法也同样值得注意:"凡自身怀有或劝他人相信良心并施予压力的人通常都是为了一己私利。"

①古罗马神话里,墨丘利手持着神仗带引着死去的人去往阴间。
②语见《圣经·新约·雅各书》第11章第20节。

谈 复 仇

　　复仇是一种野蛮的公平。人的天性越倾向于复仇,法律就越应该将复仇铲除。因为头一个犯罪的人不过是触犯了法律,而对罪犯以牙还牙的人则使法律失去了效力。当然,复仇会使一个人与仇家扯平,但要是不加计较、宽大为怀,他就比仇人高出一等了,因为宽恕乃王者风范。我确信所罗门说得很好:"宽恕他人的过失是值得称赞的事。"①过去的事已成过往,无可挽回,聪明的人则会着眼于当下和未来,他们有许多事情要忙,所以纠结于往事的人只是和自己过不去而已。没有人为了作恶而作恶,而是为了获得名利、享乐、荣耀等诸如此类的东西,所以我为什么要为一个爱他自己胜过爱我的人生气呢? 如果一个人仅仅因为性恶而作恶,那又怎样? 那他不过犹如荆棘,仅仅会伤害别人。最情有可原的复仇是对

---

　　①参见《圣经·旧约·箴言》第19章的11节。

那些没有被法律惩治的罪行所施加的报复，但报仇的人必须注意，要确保这样的复仇行为没有法律惩罚才好，否则仇敌逍遥法外，自己却受到法律严惩，那么自己就会处于以一对二的劣势。有些人复仇时喜欢让对方知道自己报仇的缘由，这显得豁达大度。因为这种复仇的目的不在于伤害对方，而在于让对方忏悔，但是卑鄙狡猾的懦夫只会暗箭伤人。

佛罗伦萨大公科西莫①曾经痛斥朋友的背信弃义，仿佛那些行为不可宽恕，他说："你在《圣经》里读过，我们要宽恕敌人，但你从未读到过我们也要宽恕朋友。"不过约伯的精神境界更高："我们怎能只想着从上帝手中受益，而受祸就不满意了呢？"推及朋友，亦是如此。毋庸置疑，一个人对复仇念念不忘，只会让自己的伤口新鲜如初，而那些伤口本来是可以愈合的。报公仇者多半是比较幸运的，比如为恺撒之死复仇，为佩蒂纳克斯之死复仇，为法兰西国王亨利三世之死复仇②，诸如此类，不胜枚举。但是报私仇者就不会如此幸运了，不仅如此，复仇之心极其强烈的人过着如巫师般阴暗的生活，这种人活着有害于人，死了是于己不幸。

①科西莫：意大利佛罗伦萨统治者，执政达 34 年之久。
②为恺撒复仇的人是屋大维，为佩蒂纳克斯复仇的是塞维，为亨利三世复仇的是亨利三世的妹夫亨利四世。

谈 厄 运

塞内加模仿斯多葛学派的风格发表过一句高论:"幸运的好处让人向往,但是厄运的好处则让人惊叹。"毋庸置疑,如果奇迹就是超乎寻常,那么它们往往诞生于厄运之中。然而塞内加还有一句更高明的名言,这句话出自一名异教徒,这实在令人难以置信,他说:"一个人同时具有人的脆弱和神的安全感,那才是真正的伟大。"这句话如果写成诗就更妙了,因为在诗歌中更允许表达神的超凡。诗人们也确实忙于对此的描写,因为它正是古代诗人奇妙幻想、天马行空。古人的想象似乎并不神秘,但是与当下基督徒的情况颇为相似。当赫拉克勒斯去解救象征人性的普罗米修斯的时候,他是坐在一个陶瓮里渡过广袤的大海的,这正是对基督教坚韧不拔精神的生动描绘,他们驾着脆弱的血肉之躯穿越尘世的惊涛骇浪。一般来说,幸运产生的美德是节制,厄运产生的美德是坚韧,从道德上来说,后者更为高尚。幸运是《旧约》中所指的恩泽,厄运是《新约》中所指的福祉,后者带来上帝更浩荡的恩泽和更明确的启示。然而,即使是在《旧约》中,当你聆听大卫的那柄竖琴之音时,你也会听到同样多的欢歌与哀乐,而且那支圣笔对约伯所受的苦难比对所罗门的幸福有更细致的描写。幸运并不意味着没有恐惧和厌恶,厄运也并不意味着没有宽慰和希望。我们在刺绣织锦中可以看到,将明丽的图案绣在暗郁的背景上比在明丽的背景上绣暗郁的图案更为悦目,所以就从这眼中的愉悦去推断心中的愉悦吧!美德无疑就像名贵的香料,当它们燃烧或是受到碾压之时,最显芬芳,因为幸运最能揭露恶性,厄运最能彰显美德。

谈伪装与掩饰

掩饰是一种权宜之策或者说是一种变通之智，因为要知道什么时候该讲真话，什么时候该做实事，都需要过人的智慧和坚定的内心，因此越孱弱的政客越是十足的伪君子。

塔西佗说过："莉维亚①既有她丈夫奥古斯都洞悉一切的才能，又有她儿子提比略掩人耳目的才略。"塔西佗还记述道，当穆奇阿努斯②劝维斯帕芗起兵反对维特里乌斯③时曾说过："我们反抗的既不是奥古斯都明察秋毫的雄才大略，也不是提比略藏而不露的警觉与谨慎。"智谋韬略与掩饰谨慎的确是不同的习惯与才能，应当加以区分。因为如果一个人真有超群的判断力，他能察觉到什么事该公开，什么事该保密，什么事该半

①莉维亚：奥古斯都第三位皇妃。
②穆奇阿努斯：古罗马时期将领。
③维特里乌斯(15—69)：古罗马的皇帝，称帝后即被杀害。

遮半掩，并且能因人而异、因时而变——这才是塔西佗所说的立国安身的要术。对这种人来说，掩饰的习惯是一种阻挠和一个弱点。但是如果一个人不具备这种判断力，那他就只能处处保密、事事掩饰了，因为当一个人遇事无法抉择、无法变通之时，大体来说采取这种最安全、最谨慎的方法最好，就如同视力不好的人走路时必须缓慢而谨慎一样。当然，古往今来的英雄豪杰们行事都光明磊落，从而赢得诚实可信的美名。但是他们如同训练有素的马，他们清楚地知道何时该停下，何时该转弯。当他们发现情况确实需要掩饰时，如果他们真的选择了掩饰，也很少有人知晓，因为他们坦荡诚实的美名早已远扬。

自我掩饰分为三等：第一等是不露声色，守口如瓶，保守秘密，即一个人不让别人看出或推测出他的为人；第二等是欲盖弥彰①，否定自己，即故意泄露一些迹象来混淆视听，让他人以真为假；第三等是极力说谎，肯定自己，煞费苦心地把自己伪装成另一类人。

说到一等，即守口如瓶。守口如瓶是聆听忏悔的神父的美德，因为神父每天确实能听到无数的忏悔，有谁愿意向多嘴长舌之人敞开心扉呢？正如密闭的空气能吸取开放的空气一样，如果大家认为一个人能严守秘密，那么就会吸引人来向他倾诉。这种倾诉就像忏悔，忏悔时的袒露没有实际的用处，却能减轻人的心理负担。所以能够严守秘密的人以这种方式知道了别人的很多隐私，尽管最初人们并不是为了吐露隐私，而是为了卸下心头的苦闷。简而言之，能守口如瓶的人才能知道他人的秘密。另外实话实说，无论从精神还是肉体上来看，完全裸露无疑都是不雅的，如果人们行为举止肆意张扬，则毫无尊严。至于爱夸夸其谈的人，他们通常

---

①欲盖弥彰：想掩盖坏事的真相，结果反而更明显地暴露出来。

愚蠢,爱慕虚荣,轻信他人,因为他们所谈论的事有些是他们所知道的,而有些其实是他们所不知道的。因此守口如瓶是明智的习惯也是有道德的行为。而且在这一点上,人的面容最好不要去代替嘴舌说话,因为面部表情是出卖一个人内心秘密的致命弱点,比起话语来,它更加引人注意和令人信服。

第二等是掩饰。掩饰必然与保密形影不离,所以,从某种程度上来说,守口如瓶的人必然要善于掩饰。世人太精明,不可能让一个人持中立态度,不向任何一方泄密而且不偏不倚。他们会向你提出一大堆问题,引诱你开口,然后套出你心底的秘密,除非你保持一概不理的沉默,否则不免会透露出你的倾向。即使你闭口不言,人们也能从你的沉默中获取一定的信息,就如同从你的话语中探出口风一般。至于支支吾吾、闪烁其词更不是长久之计。所以没有人可以真正做到守口如瓶,除非你给自己留一点掩饰的余地,掩饰可以说是保密的外衣。

至于第三等,即弄虚作假,伪装身份。我认为除了重大罕见的场合,其他地方还是谨慎使用,因为这种伎俩与其说是智谋,不如说是犯罪。因此,伪装是一种恶习,它的养成要么源自生性虚伪或恐惧,要么源自重大的生理缺陷。因为这些弱点必须掩盖,所以他就要在别的事情上伪装,以免伪装的技巧生疏。

伪装与掩饰有三大好处。第一,它可以使对手放松警惕,然后出奇制胜。人的意图一旦公之于众,那就等于发出了提醒对手的警报。第二,它能够给自己留有一条安全的后路。一个人一旦明确宣布自己下一步的打算,他要么一干到底,要么被对手打败。第三,它能使人更好地洞察他人的想法。一个人公开表达自己的观点,别人往往会任由他按自己的意思说下去,而不会提出与此相反的想法,这样他们言语的自由就转变成了思想的自由。对此,西班牙人有句名言说得很好:"用一句谎言能换得一个真相。"就好像除了伪装就再没有别的办法可以发现真相似的。伪装与掩饰同样有三大弊端,利弊均衡。第一,人们在伪装与掩饰时总是面带惧色,这有碍于做事时一次性完成目标。第二,伪装与掩饰会使许多人困惑迷惘,也许有些人本可以成为与之合作的伙伴,结果他却落得单枪匹马、孤军奋战的下场。第三,这也是最大的弊端,它剥夺了一个人为人处事最重要的工具——信任。最好的折中组合是保持坦荡光明的美名,养成守口如瓶的习惯,适当使用掩饰技巧,迫不得已时才使用伪装能力。

谈父母与子女

　　父母将快乐、悲伤和恐惧都藏在心底,他们不可能只提及开心的事,而悲伤的事他们又不愿提及。子女能使父母的劳苦变得香甜,却也能使他们的不幸变得更加苦涩。子女增添了父母对生的担忧,却也减轻了他们对死的畏惧。繁衍后代是动物的通例,然而名誉、功德和伟业却是人类所独有的。大家可以发现,丰功伟业都是由那些没有子女的人所创建,因为这种人力图在他们肉体的形象后继无人的情况下表现他们的精神形象,所以没有后代的人反而更关心后代。开创家业的人往往更溺爱孩子,他们不仅将子女视为血脉的延续,更视其为事业的延续,因此孩子对他们来说既是子女,又是创造的产物。

　　父母对子女的疼爱程度往往是不等同的,有时甚至不合理,这样的事在母亲身上更容易发生。正如所罗门说的那样:"智慧之子令父亲高兴,

这些都无法媲美于登临真理之巅之乐。立于此巍然高耸且空气清新宁静的峰顶可一览溪谷下的谬误、彷徨、迷雾和风暴之变。

选最佳的生活道路，习惯会使那条路走起来轻松愉快。

愚昧之子令母亲蒙羞。"①人们常看到,一个家庭中如果有很多孩子,往往最年长的受到重视,最年幼的受到溺爱,而居中的似乎被忽略了,但事实证明他们往往是最有出息的。有些父母吝啬于给孩子零花钱,这对孩子的成长十分不利,会让孩子变得卑劣,学会投机取巧,结交狐朋狗友,即使将来有钱也会挥霍无度。因此,当父母的权威用在严管子女而不是严管钱包时,才会有最好的结果。

无论是家长、校长还是家仆,都有一种愚蠢的行为,那就是在孩子们年幼时便鼓励他们互相竞争,以至于他们成人时彼此不和,家庭纷争不断。意大利人则同等对待儿子、侄甥或其他近亲晚辈,只要孩子是本族所出,即使不是亲生的也一视同仁。说实话,在性质上这大体是一回事。我们常常看到,外甥有时更像叔叔、舅舅或是另一位近亲长辈,而不像他自己的父母,这是血缘使然。

父母应尽早为孩子选择好他们将来要从事的职业和相关学业,因为孩子小的时候可塑性最强。父母不应过于任凭孩子根据兴趣自由选择,因为孩子现在想做的事并不一定是他们将来所喜欢的。当然,如果孩子的才能和天赋在某个领域表现得超出常人,那么父母不应违背孩子的意愿。不过对一般人来说,这句格言更加适用:"选最佳的生活道路,习惯会使那条路走起来轻松愉快。"小弟通常比较幸运,但一旦兄长被剥夺继承权,这种幸运将难以保全或不复存在。

---

① 参见《圣经·旧约·箴言》第 10 章第 1 节。

谈婚姻与单身

有妻儿的男人把自己的未来典当给了命运，因为妻儿是成就伟业的障碍，无论那事业是崇高的还是低贱的。毋庸置疑，丰功伟业往往由未婚或者无子的男人创立，他们似乎迎娶了社会大众，从情感和财富上将自己贡献给大众。

然而，按理说有孩子的男子确实应该着眼于未来，他们知道自己必须将最珍贵的承诺传承下去。一些人虽然过着单身生活，但处处只考虑自己，无视未来。不仅如此，一些人还将妻子儿女视为经济上的负担。更有甚者，一些愚蠢贪婪的富人因自己没有孩子而倍感骄傲，他们觉得自己会因此更加富有。他们可能听到过这种对话：一个人说某人是一个大富翁，另一个却不以为然，说他有一堆累赘的孩子，似乎孩子会削减他的财富。

人们追求单身最普遍的动机是自由，对那些自娱任性的人而言，更是如此。他们能敏锐地察觉到生活中的每一个约束，甚至觉得腰带和袜带也是种桎梏。单身的人往往能够成为挚友、恩主、忠仆，却未必是最忠实的下属。因为他们独身一人容易逃脱，大多数逃亡者正属于这种情况。

传教士适合过单身生活，因为仁爱如果先注入了家庭这汪小池，必将难以灌溉大众这片土地。单身与否对于法官与地方长官就无关紧要了，倘若他们贪污腐败，易被左右，必定是因为他们的幕僚，毕竟一个邪恶的幕僚抵得上五个低劣的妻子。至于军人，我发现军队的戒律通常提醒他们时刻惦记妻儿，而且正是土耳其人对于婚姻的歧视致使那些低劣的士兵更加卑鄙无耻。无疑，妻子和儿女也算是一种约束人性的准则。虽然单身男子因为开销较少，更加慷慨大方，但是他们很少触及内心的柔软之处，往往更加冷酷无情，这个特性倒是有利于成就严厉的审判官。

性情庄重的人时常受风俗引导，心志笃定，他们一般是情爱忠贞的丈夫，像传说中的尤利西斯，为了自己年迈的爱妻宁可放弃长生不老的机会。

贞洁的女人往往桀骜不驯①，仿佛自恃贞洁而专横无理。假如妻子觉得丈夫聪明睿智，那么她也会洁身自爱，温和顺从；假如她觉得丈夫猜忌多疑，那么她就会是另一副样子。妻子是年轻男子的情人、中年男子的伴侣以及老年男子的保姆。因此只要男人愿意，随时可以结婚。然而，古代先哲曾就"男人应当何时结婚"给予回答："年轻时尚不宜结婚，年长时则不必结婚。"②生活中时常遇到贤妻配劣夫的情况，或许是因为劣夫偶有一善则更显珍贵，又或许是因为妻子以忍耐为骄傲。倘若这劣夫是她们不顾亲友反对而做出的选择，那么这桩婚事决不会失败，毕竟自己的过错只好自己弥补，而婚姻的失败只能表明她们的愚蠢。

---

①桀骜不驯：比喻傲慢，性情暴躁不驯顺，不服管教。
②此句话是古希腊七大贤哲之一泰勒斯所说。他的母亲一再催促他跟一个他不太中意的女人结婚，他起先说太早，后来又说太晚了。

谈 嫉 妒

在人类所有的情感中,最蛊惑人心的莫过于爱情与嫉妒。这两者都能点燃强烈的欲望,使人轻而易举地陷入虚幻的想象,它们极易出现在人们的眼前,尤其在面对倾慕或者嫉妒的对象的时候。如果世上确有魅惑之事存在,这些便是人们遭受魅惑的原因。我们知道《圣经》中将嫉妒称为"毒眼",占星家将不祥的星象称为"凶象",因而人们一直认为:嫉妒之情会在眼睛中投射和闪动。不仅如此,有些好奇之人发现,嫉妒之眼往往在被嫉妒者春风得意之时最具杀伤力,因为他人的风光会使妒火愈燃愈旺。而且,此时被嫉妒者的情绪最溢于表面,也更容易遭受打击。

我们暂且撇开这些微妙之处——纵使它们换一种场合也有思索的价值——探讨哪些人容易嫉妒他人,哪些人容易遭受他人的嫉妒,以及公妒与私妒有什么区别。

无德之人总是羡慕他人的美德。因为人心的滋养不是依赖于自己的善行,就是仰仗于他人的罪恶,所以渴求德行的人必然密切捕捉他人的罪恶,一个无望企及他人德行的人为了能够获得平衡,必然会设法打压对方。

好事并且八卦的人往往善妒。他们四处打听别人的私事并不是因为那与自己的利益密切相关,而是因为他们能够从窥探他人的祸福中寻找一种看戏般的乐趣。此外,一个专注己业的人根本无暇嫉妒他人。因为嫉妒是一种四处飘荡的情欲,游走街头而不会流连家中,正如古人所说:"好管闲事者必然心怀不轨。"

出身高贵的人总会对飞黄腾达的新晋权贵心生嫉妒,因为他们之间的差距在不断缩小。他们的眼睛仿佛产生了这样一种错觉,认为只要别人前进,他们就会后退。

残疾人、宦官、老人和私生子嫉妒心强。他们无力改善自身的状况,便会想方设法损伤他人,以求得到补偿。除非这些有缺陷的人生性勇敢,颇具英雄气概,有志将自己的缺陷转化为自己的荣耀,这样人们才会惊叹一个宦官或者一个瘸子竟然能成就如此伟业。历史上,宦官纳西斯①与瘸子阿格西劳斯②和帖木儿③就开创了自己的事业,成就了奇迹般的荣耀。

经历过灾难和不幸的崛起者也好嫉妒。因为他们曾被时代遗弃,所以乐于把他人的失败看作是对自己困苦过往的抵偿。

轻浮虚荣、争强好胜的人总是容易嫉妒他人。因为在其涉足的某些领域必然有人比他们更出色,所以他们总是无法摆脱嫉妒之事。罗马皇帝哈德良正属于这一类人,他在诗画和工艺方面才华过人,但是极其嫉妒

①纳西斯:拜占庭皇帝查·士丁尼一世的宦官,曾任将军,战功赫赫。
②阿格西劳斯:古希腊斯巴达国王,有勇有谋,是个跛脚,因此被称为"跛脚之王"。
③帖木儿:帖木儿帝国创始人,曾带领军队横扫中亚、土耳其、波斯、印度等地。

那些造诣高深的诗人、画家和能工巧匠。

最后，同族亲友、仕途同僚和幼年伙伴们更容易在其同伴鸿运当头时心生嫉妒。因为在他们看来，同伴们的成功是对他们时运不济的谴责，是对他们悲凉处境的冷嘲热讽，这些停留在他们的记忆中挥之不去，而且更容易引起别人的关注。于是在众人的盛赞中，他们的嫉妒之情倍加强烈。《圣经》中该隐对弟弟亚伯的嫉妒之所以异常卑鄙邪恶，是因为当上帝看中亚伯的供物时并无旁人围观①。关于善妒者的话题就到此为止了。

现在来谈论一下那些或多或少容易遭受嫉妒的人。首先，道德高尚的人在万事亨通时不易遭人嫉妒。因为他们的好运似乎与他们的德行相得益彰。欠债还钱，人们不会嫉妒，但是丰厚的奖赏和慷慨的馈赠往往遭人眼红。另外，嫉妒总是与攀比相伴相随，可以说没有攀比，就没有嫉妒，因此嫉妒君王的只有同样拥有君王身份的人。值得注意的是，微末之人在其刚刚发迹的时候最容易遭人嫉妒，直到人们逐渐习惯了他已发达的事实。反之，尊贵之人最容易因其福运绵长而招人嫉妒。毕竟随着时间的推移，纵使他们的德行依旧，其光彩也已经今非昔比。要知道，后起之秀的出现会使他们黯然失色。

出身高贵的人在高升时很少受人嫉妒，似乎这就是他们理应得到的，而且不会为他们带来更多的好运。嫉妒犹如阳光，照射在激流险滩或者陡峭岩壁上总是比在平地上热得多。同样的道理，较之那些逐渐高升者，一跃而跻身显贵之列的人往往会遭受更多的嫉妒。

那些历经沧桑、千忧万险的人不太招人嫉妒。因为人们知道他们的辉煌来之不易，有时甚至会怜悯他们，而怜悯总是治愈嫉妒的良药。因此

①《圣经·旧约·创世纪》第4章中记载，亚当夏娃两个儿子，长子该隐，次子亚伯。该隐供奉谷物给上帝，亚伯供奉羊给上帝。上帝悦纳了亚伯的礼物。于是，该隐在妒火中杀死了弟弟亚伯。

世人会发现,越是城府极深、老谋深算的政客在其功名显赫时,越是顾影自怜,悲叹生活的艰辛,吟唱着嗟叹悲苦生活的哀歌。事实上,这并不是他们的真实感受,仅仅是为了挫伤嫉妒的锋芒。然而,人们能够体谅那种奉命行事的无奈,知道他们并不是没事找事。因为最能激起嫉妒的莫过于对事情野心勃勃的无谓霸占,而最能消除嫉妒的莫过于位高权重者赋予下属充分的权力与突出的地位,借此在自己与嫉妒之间筑起重重屏障。

值得一提的是,那些成就非凡却骄傲自大的人最容易成为被嫉妒的对象。为了彰显成功,他们或四处炫耀,或打压反对者与竞争者,仿佛不这样做他们就浑身不适。事实上,聪明人倒是愿意在一些无关紧要的事情上做些牺牲,受点委屈,甘处下风,以此减少他人的嫉妒。同为成功者,举止朴实坦荡之人只要不包含任何自大和虚荣的成分往往比诡计多端之人较少引人嫉妒。因为后者一味追逐自身的利益,他们的所作所为表明其不配拥有这样的好运,只会招致别人的嫉妒而已。

总而言之,正如我们开篇所述,嫉妒这种行为有点巫术的性质,因而要祛除嫉妒,必须采取治愈巫术的手段,即将我们所谓的"咒符"转移到他人身上。正是明白这一点,许多明智的大人物总是让别人代之抛头露面,替他们在台前承受嫉妒。侍从奴仆、同事伙伴诸如此类都可以代其受妒。虽然没有人自愿成为被嫉妒的对象,但若能名利双收,总不乏生性莽撞的傻瓜乐意替人出风头。

现在,我们来谈谈什么是公妒。相比于一无是处的私妒,公妒多少有些可取之处。公众的嫉妒犹如古希腊的"陶片放逐制①",能够在人们位高权重时压制他们。因此,对于大人物来说,公妒是一种约束,让他们不

①陶片放逐制:此为古希腊时期一种特殊的政治措施。公民将自己认为的、会危及国家稳定的人的名字写在陶片上或者贝壳上,并举行投票,票数过半者即会被放逐五到十年。

敢越雷池一步。

公妒在拉丁语中称作"invidia"，用现在的话讲就是"公愤"，关于这一点我们会在谈论叛乱时进行探讨。这种情绪会如疾病一般，在国家内部蔓延。疾病能够侵入健康的身体，使之染病，同样，公妒一旦侵袭了一个国家，这个国家最合理的政策也将受到中伤诋毁。那时，即使政府采取了貌似合理的举措，也必然鲜有成效。因为那样恰恰显示了政府的软弱无能，对公妒的极端恐惧，这也只会招致更多的伤害而已。就像流行性传染病一样，人们越是害怕它们，它们越是会找上门来。

这种公妒似乎主要是针对政府高官，而不是国王或者国家本身。然而，如果政府官员没有太大的错误却引起了严重的公妒，或者一个国家所有的官员都成为被嫉妒的对象，那么这种嫉妒尽管隐而不露，实际上针对的却是国家本身。以上所谈论的主要是公妒或者说是公愤与私妒的区别，至于私妒在前文已经提及。

关于嫉妒之情，我们在此不妨补充概括几句。在人类所有的情感中，嫉妒算是一种最纠缠不清、绵延不绝的情感。其他情感虽然会在特定的场合出现，但也只是偶尔有之，故而前人说"嫉妒从不休假"，它总会在某些人心中掀起波澜。此外，我们还注意到，只有爱情和嫉妒才会使人憔悴，而其他的情感不会这样，因为它们没有这样的持久性。嫉妒还是人世间最卑鄙、最邪恶的情感，也正是魔鬼的固有本性，而魔鬼就是那个趁着黑夜在麦田里播撒稗子的嫉妒者，它总是在暗地里耍诡计，悄悄地毁掉像麦黍之类的好东西。

谈 爱 情

　　相较于人生,舞台更受爱情的青睐。爱情是舞台上永恒的喜剧主题,偶尔也会穿插一些悲剧素材。但是,在生活中它总是惹是生非,有时它像一位迷人的妖女,有时又像一位狂怒的复仇女神。

　　世人也许注意到,所有品德高尚的伟人,古往今来,只要是为世人所铭记于心的都不曾深陷于疯狂的爱情之中。这表明伟大的灵魂和崇高的事业的确使人远离脆弱的情感。尽管如此,有两个人应当被排除在外,一个是曾统领罗马帝国半壁江山的马尔库斯·安东尼①,另一个是曾做过古罗马十大执行官之一的阿皮亚斯·克劳迪斯②,尽管前者荒淫无度而

　　①马尔库斯·安东尼:安东尼本与屋大维在罗马政权中成并立之势,但因与埃及女王克里奥帕特拉陷入爱恋之中,并与之结婚,甚至允诺将罗马东部领土赠给女王儿子,这在罗马元老中引发强烈不满,并因此让屋大维取得了更多的信赖。最后安东尼兵败自杀。
　　②阿皮亚斯·克劳迪斯:罗马十大执政官之一。但他爱慕维琪涅斯女儿维琪妮娅,并设计夺走了她,于是造成了内乱。

后者睿智淳朴。因此,爱情不仅能够闯入敞开的心扉,也能在把守不严时,潜入戒备森严的心灵,虽然这种情况并不多见。

伊壁鸠鲁①曾有这样迂腐的言论:"我们互相看起来,就是一座够大的舞台了。"似乎本应凝视苍穹和崇尚万物的人类应该舍弃一切,只需跪在一座小雕像前并臣服于它。虽然这类人并非贪图口腹之欲的禽兽,但也不过是满目色相的奴隶,尽管上帝赐予人眼睛原本有更崇高的价值。

不可思议的是,这种激情如此放纵,甚至凌驾于事物的本质和价值之上。所以,那无休无止的浮夸言辞只有在爱情中才悦耳动人,并不适用于其他方面,也不适用于这句俗语:"即使其他谄媚者聪颖过人,最大的谄媚者总是自己。"这句话诚然不错,但是情人与这些谄媚者相比总是有过之而无不及。因为即便自傲之人对自己有再高的评价,也没法和热恋者对恋人的恭维相比。所以有句话说得好:"恋爱中的人难以保持明智。"热恋者的这一缺陷并非只有旁观者清楚,被爱之人亦内心明了,除非双方彼此迷恋。因为爱情总是有所回馈,要么得到倾慕对象的爱恋,要么得到一种深藏于心的蔑视。

由此可见,世人应当提防这种激情,因为它不仅会使人丧失其他的东西,也会使人迷失自我。至于其他方面的损失,诗人清楚地指出:帕里斯曾为了得到海伦,舍弃了赫拉和雅典娜的礼物。② 因为任何人在深陷狂热爱情的时候,都将会无视财富和智慧。情欲泛滥的人往往会深陷软弱无能的境地,那也正是他鸿运高照或者逆境连连的时候,尽管后面这种情

---

①伊壁鸠鲁(前341—前270):古希腊哲学家,主张人之目的即是追求幸福。

②古希腊神话传说中,天后赫拉、智慧女神雅典娜和爱神阿弗洛狄特争执谁最美,请特洛伊王子帕里斯裁决。三人分以财富、智慧和天下最美的女神来诱惑帕里斯。帕里斯选择阿弗洛狄特,后得到海伦,随即引发特洛伊之战。

况时常被世人忽视。然而,这两种情况都能点燃爱恋之火,使其倍加火热,由此表明爱情正是愚蠢的玩物。

有些人的处理极为妥当,即使他们必须接受爱情,也能将其纳入恰当的位置,使之与人生的重大使命全然分开。因为爱情一旦干扰到正事,就会扰乱人们的好运,阻碍人们继续坚守目标。我不知道为何军人更容易堕入情网,想来或许正如他们嗜酒一样,危机四伏的生活通常要在寻欢作乐中得以缓解和释放。人性之中潜藏着一种施爱于人的意向与动机,倘若不能将爱给予某人或者少数人身上,就必然将爱施之于众生,从而使人变得仁慈慷慨,僧侣修士通常就是这种情况。

婚姻之爱使人繁衍不息,友谊之爱使人日趋完美,然而淫荡之爱却会使人堕落毁灭!

谈 高 位

身居高位者往往拥有三重奴仆身份:君主或者国家的奴仆、名声舆论的奴仆以及事业职责的奴仆。因此,他们根本没有自由,没有人身自由,没有行动自由,更没有时间自由。人们为了追逐权力宁可丧失自由,或者说,为了能够高人一等却失去了自己的基本权利,这真是一种离奇的欲望。

晋升的道路艰难坎坷,人们惨淡经营,却往往陷入更艰难的境地。他们有时候试图用卑贱赢得尊贵,投机的手段极其卑劣。身居高位者整日如履薄冰,倘若一着不慎,轻则隐退,重则垮台,这是何等的悲哀啊!古人曾说过:"既已非当年盛世,还有何理由贪生。"话虽如此,人们往往是想退隐的时候不能退,而必须退隐的时候又不愿退。即便是年老体弱需要幽居,他们依旧不甘寂寞,犹如城中老翁倚坐在临街的门槛上,只会因自己的老迈遭受无尽的嘲讽而已。

毋庸置疑,身居高位者需要借助别人的看法才能体会到快乐,毕竟仅仅依照自己的感觉来判断的话,他们根本无法感到愉悦。一旦想到别人对自己的仰慕,对自己身份地位的渴望,他们就会像别人所说的那样快乐,尽管他们的内心并不认同。虽然他们总是难以察觉到自己的过失,却总能敏锐地感知到自己的忧伤。无疑,位高权重的人对自己感到陌生,在事务缠身的时候,甚至无暇顾及自己的身心健康。恰如古人所悲叹的那样:"世人皆知死者何人,唯独死者对自己一无所知,这是何等的悲哀!"①

身居高位者既有权力行善,亦有权力作恶,然而后者却会招来祸患。就作恶而言,最好的情况是没有作恶的念头,其次是没有作恶的能力。事实上,行善的权力才应是谋权位者天经地义的目标。虽然善念总是获得上帝的认同,但如果不能付诸行动,对世人而言也不过是镜花水月。然而要真正行善,必须要有权力地位为依托,具有居高临下的气势。成就功德善举是人们行动的目的,自知功成名就方能安心休养。如果一个人能够参与上帝的功业,他也能分享上帝的安息。《圣经》中说:"上帝回顾自己所创造的万物,望见一切都美好和谐",于是便有了安息日。

新官上任之初,要给自己树立一些最优秀的榜样,因为效仿中蕴藏着规诫。一段时间以后,他就能以自己为范本,严格检视自己的行为,审视自己之前的表现是否存在不足。前辈的过失也不可忽视,这并不是为了诋毁他人以彰显自我,而是要引以为戒以避免重蹈覆辙。因此,进行改革的时候不仅要摒弃自我炫耀或者贬低前辈的态度,而且应当坚持自我,并且沿袭合理的主张,为后世树立良好的榜样。凡事都应追本溯源,探究他们衰退的原因和过程,同时审视古今这两个时代,探究古时候做什么事情

①引自古罗马剧作家塞内加的悲剧《提埃斯忒斯》。

最佳,而当今做什么事情最合适。设法使你处理公务的进程有规律可循,人们便可提前预知结果,但是也不可过于斩钉截铁、不容置疑,遇到自己违背常规的时刻,需要清楚地解释缘由。身在其位要保证自己应有的权力,但职权范围无需过问,宁可默不作声地行使职权,也不要大张旗鼓地要求名分。下属的职权也要悉心维护,谨记坐镇指挥大局总是比事事亲力亲为更加体面。行使职权的时候,若有人提供帮助、积极进言,应欣然接受并加以鼓励,应乐意接受好的意见不要将其作为好事者拒之门外。

当权者主要有四种恶习:拖沓、腐败、粗暴和爱慕虚荣。若要避免拖沓,应当提供简洁的办事程序,信守约定的时间,尽快完成手边的事情,切勿随意掺杂其他不必要的事情。关于治理腐败,不仅要保证自己和下属不收受贿赂,而且要禁止来访者行贿。因为公正廉洁的惯例可以约束一方,而公开声明的廉洁政策和对贿赂的厌弃则能够约束另一方。这样,不仅能避免错误,还能消除嫌疑。倘若当权者朝令夕改,没有明确的原因却大张旗鼓地进行变革,他们极易成为贪污的嫌疑人。因此,在修改主张和惯例的时候,你需要清楚地广而告之,阐明变动的原因,不要试图浑水摸鱼。如果下属或者亲信与当权者关系亲密,而他们本身并没有明显的过人之处,人们往往怀疑他们是行贿的一条门路。至于粗暴,它总会引起不满,而且毫无必要。如果说严苛滋生恐惧,粗暴则招致厌恶。即使当权者谴责他人,也要措辞庄重,不能粗暴嘲讽。提及爱慕虚荣,它比贿赂更严重。因为贿赂只是偶尔发生的,而沉浸于软磨硬泡或无端谄媚的人总是无法自拔。正如所罗门所言:"徇私情并非好事,因为徇私情者会因为一片面包而犯罪。"[1]

----

[1] 语见《圣经·旧约·箴言》第28章第21节。

　　古人所言极是："地位会暴露一个人的本性。"有些人身居高位愈发受人敬仰，而有些人却愈发糟糕。塔西佗谈到加尔巴的时候说："假如他没有统治过帝国，或许大家会觉得他是治国之才。"然而，当他谈及维斯帕芗的时候却说道："当上皇帝之后更加受人尊敬的，恐怕只有维斯帕芗了。"不过塔西佗对前者的评价是从治国的角度出发，而对后者的评价则着眼于道德情操。一个人跻身高位且道德更加高尚，足以表明他的品格崇高。因为高位正是或者说应当是德行之位，正如自然界的万物以排山倒海之势奔向自己的位置，到达自己的位置之后就会静然处之，德行也是如此，追逐名利时躁动不安，晋升高位时则安然沉稳。所有升迁的过程都是蜿蜒曲折、循序渐进的。倘若遭遇派别纷争，身处晋升道路之人不妨加入一派，而身居高位者则必须保持中立。评判前辈的时候要保持态度公正、言语谨慎，否则，自己卸任的时候也会遭人诟病。如果有同僚的话，要尊重他们。若他们无事相求，则可以召请他们，而他们有事相求的时候，决不可将其拒之门外。日常谈话和私下回复他人的请求时，不要老想着自己的身份，但是最好能让别人感觉到：这个人在办理公事的时候，与私底下判若两人。

谈 大 胆

　　文法学校的课文中有这样一个浅显的故事，它仍值得智者深思。有人问狄摩西尼①："对演说家而言什么是最重要的?"他回答道："动作。"旁人继续追问："其次重要的是什么呢?""动作。""那再其次重要的呢?""还是动作。"他之所以这样说是因为他对自己所说之事最为了解，但是他对所称道的事情却并无天资。对于演说家来说，动作不过是肤浅的外在表现，是演说家的特长而已，居然能被捧到如此高的位置，甚至超越了选题、口才等其他重要的演说技能，真是令人匪夷所思。不仅如此，动作似乎被视为演说的一切。然而这其中的缘由极其明了：人性中的愚钝往往多于智慧，因此能使人心愚钝的部分开窍的能力才是最有效的。

　　"大胆"在国家事务中的作用与上述情况非常相似。处理国事时最重

---

　　①狄摩西尼(前384—前322)：古希腊雅典辩论家。七岁时学习辩论术，当时他声音微弱，口齿不清，动作也不灵活。后经过坚持不懈的努力，终于克服了先天的不足成为古希腊最具盛名的辩论家。

要的是什么呢？是大胆。其次重要和再次重要的是什么呢？还是大胆。然而，大胆是无知和卑鄙的产物，与治国之才相差甚远。尽管如此，它仍然能够迷惑并束缚那些见识肤浅、个性懦弱的人，而这种人在民众中占据大多数，更有甚者，聪明人一时糊涂也会受其蛊惑。因此，我们会看到：大胆的人在民主国家已经创造了无数奇迹，而在保有参议院和君主制的国家却收效甚微。此外，大胆者在行动之初成效最佳，因为他们很少信守承诺。无疑，其中既有给人治病的江湖郎中，也有玩弄阴谋的政治骗子。江湖郎中治疗大病的时候，偶尔两三次有幸获得成功，但是这种方法缺少科学依据，难以持久……同样，如果这些胆大妄为之人已经夸下海口却遭受失败并为此蒙羞，但只要他们足够大胆，就可以轻描淡写地一带而过，扭转局势，再也不用为此烦扰。

毫无疑问，对于见识远大的人而言，大胆的人不过是供人娱乐的笑柄而已，甚至对普通人来说，胆大妄为也是有点荒谬的。因为假如荒谬总是被嘲笑的对象，毋庸置疑，大胆的行为必然含有荒唐的成分。大胆的人在局促不安的时候尤其可笑，在这种情况下，他们必然会愁眉不展，神情僵硬呆板。即便普通人身陷难堪的境地，他们在思想上还有回旋的余地，而大胆的人难堪时却只能滞留原地，好像下棋陷入僵局一般，虽然还算不上输，却也无棋可走。不过，相比于严肃的观察评论，最后这一点更适合写进讽刺文章里面。

值得考虑到的是：大胆往往是盲目的，因为大胆者往往看不到危险与麻烦。所以，大胆总是对决策有害，对执行有利。大胆者应当被合理任用，他们应该充当副手，听从他人的指挥，却绝不可担任统领大局的重任。毕竟，决策的时候最好能够预见风险，而在执行的时候，只要风险不大，就可以忽略不计。

谈善与性善

我这样理解"善"的含义,它是旨在造福人类的意向,也正是古希腊人所谓的"博爱",而这一词的原本意义"人道"尚且不足以表达它的含义。我认为善是一种习惯,而性善则是一种性格倾向。在人类所有的美德和高尚的精神中,善是至高无上的,因为它是上帝的品性。如果没有这种品质,人们便会成为碌碌无为、有害无益,甚至卑鄙无耻的生物,与寄生虫没有区别。

善与神学中仁爱的美德一致,也许有时会走入误区,但绝对不会过度。过度的权力欲曾导致天使们堕落,过度的求知欲曾导致人类堕落。然而,仁爱永远不会出现过度的情形,无论天使或者人类,都不会因它而身陷险境。向善之心深深地根植于人性之中,因此,即使善心不能施予人类,也能惠及其他生物,这可以从土耳其人身上显现出来。尽管土耳其是个残暴的民族，却能善待禽兽，甚至会向狗和鸟施舍食物。根据比斯贝克①的记载，在君士坦丁堡，一个基督教青年恶作剧式地塞住了一只长喙鸟的嘴，后来差点被人用石头砸死。

不得不承认，善心或仁爱有时候确实会被误施。意大利人有一句无礼的俗语："老好人往往一事无成。"意大利学者马基雅维利②大胆地诉诸笔墨，用近乎直白的言语写道：基督教的信仰欺凌善良的人们，让他们成为专横无道之人的牺牲品。他之所以这样说，是因为世上没有其他的法律、教派或是学说会像基督教那样大力推崇行善。因此，为了避免这种诽谤与危机，最好能了解如此良好的习惯究竟错在何处。我们努力行善，但是不能被他人的厚颜或妄想所束缚。因为那样只会让自己变得盲从或软弱，最终只会使老实人作茧自缚。不要把宝石给《伊索寓言》中的那只公鸡，因为如果能够得到麦粒的话，它会更加欢喜。上帝行善的例子给予我们真切的教训：他降雨给好人，也降雨给坏人；他让阳光普照善人，也让阳光普照恶人；但是，他不会将财富、荣誉和美德平均分配给每个人。毕竟，普通的恩惠应当众人共享，而特殊的恩泽要有选择地赐予。而且，世人需要注意，不要在临摹的时候把原型毁了，因为上帝要世人以爱己为模范，施爱于他人的时候照此行事。尽管耶稣说过"变卖你所有的财产，施予穷人，然后来跟随我"，但除非你真的要跟随耶稣，否则不要轻易卖掉所有的家当。也就是说，除非你得到天命，这样你用微薄的财物也能像家财万贯者一般行善于天下，不然你的行为无异于杯水车薪。

---

①比斯贝克(1523—1592)：闻名于世的外交官。他被斐南迪一世派遣到苏莱曼处做大使，在土耳其君士坦丁堡居住长达七年，并创作了有关奥斯曼帝国的著作。

②马基雅维利(1469—1527)：意大利政治思想家和历史学家，以主张为达目的可以不择手段而著称于世。因此，马基雅维利成为权术和谋略的代名词。

世界上不仅仅存在受真理引导的善行,而且存在天生具有向善之心的人们。另一方面,人亦存在天生的恶性,有些人天生就没有造福他人的善念。轻微的恶性只不过表现在脾气暴躁、性格鲁莽、好勇斗狠或是难以相处等方面,而怀着严重恶意的人往往善妒,甚至包藏祸心。这种人似乎专门依靠他人的不幸发迹,甚至还会落井下石。他们连替拉撒路舔舐脓疮的狗都不如,像是一群围着伤口嗡嗡乱转的苍蝇。愤世嫉俗者惯用的伎俩就是引人自缢,可是他们却不能与泰门①相比,因为他们的花园里连可以供人上吊的树都没有。这些正是人性的邪恶所在,然而它们是造就高官政客的最佳材料,就像弯曲的木材虽不适合建造岿然屹立的房屋,却适宜制作备受颠簸的船只。

善包含诸多要素和特征。如果一个人对待陌生人彬彬有礼,这说明他是一个世界公民,他的心灵不是一座与世隔绝的孤岛,而是一片与他人相连的大陆。如果他对别人的苦难怀有恻隐之心,这说明他的心灵如同一棵高贵的树,宁可自己受伤,也要奉献香膏。如果他容易原谅别人,包容他人的冒犯,这说明他的心智凌驾于伤痛之上,达到了伤痛难以企及的高度。如果他对别人的滴水之恩能够涌泉相报,这说明他重视的是人类的精神,而不是财富。但最重要的是,如果他能像圣保罗一样完美,为了拯救自己的兄弟而甘愿蒙受基督的诅咒,这说明他已经拥有了一种神性,与基督本人不谋而合。

---

①泰门生活在伯罗奔尼撒战争时期,因对朋友的背信弃义非常失望,这让他成为愤世嫉俗的人。他的后花园里有一棵无花果树,很多市民在这里上吊而死。

谈 贵 族

我们将从两方面来谈论贵族，首先将其视为国家的一个阶层，其次是关于某些人的一种身份。一个完全没有贵族阶层的君主国就是一个纯粹绝对的专制帝国，土耳其便是如此。因为贵族可以削弱王权，在一定程度上吸引民众的目光，使其减少对皇室的关注。然而，民主制国家不需要贵族。相比拥有贵族的国家，它们更加太平，鲜有叛乱，因为人们的目光总是集中在事情上，而不是人自身。即便他们的目光关注的是人，也是出于事情的需要，评判他是否是最合适的人选，而不是他的门第与血统。尽管瑞士人的宗教五花八门，行政区划分不一，他们的国家却长治久安，这是因为维系他们的纽带是共同的利益而不是对王权的尊崇。低地国家的联合政府治国有方，也是因为在那个人人平等的地方，磋商协议不偏不倚，人们也乐意缴纳赋税贡品。一个强大的贵族阶层既能增强君王的威严，亦会削弱王权；既能为百姓注入生命与活力，亦会压制他们财富的增长。

理想的状态是,贵族阶层不至于强大到威胁君权与司法,但要保有一定的高位,这样,下民作乱的时候会率先冲击贵族,不会迅速触及王权。贵族人数过多会造成国家的贫困,引起诸多不便,因为他们的开销太大。此外,许多贵族都无法逃脱家道中落的命运,陷入地位与财富极不相称的局面。

现在我们将贵族看作一种特定人群,继续探讨这个话题。当我们看到一座尚未破败的古堡或者古建筑,或是一株英姿挺拔的古树,尊敬之情就会油然而生。更不用说,在目睹了一个贵族世家经历世事沧桑却屹立不倒之后,崇敬之情恐怕更要增添几分了。毕竟新兴贵族只是权力的产物,而老牌贵族却是时间所造就的。贵族世家的祖先们往往比其后代更有才干,却不如他们清白,因为家族的兴起总是伴随着善恶的交织。不过,他们的优点会永远留存在后代的记忆中,而他们的缺陷则随着他们的离去烟消云散,这也是合情合理的。出身高贵的人往往生性懒惰,而懒惰之人总是嫉妒勤勉之人。而且,当只能停留在原位难以继续晋升的时候,出身高贵者难免对其他高升之人产生嫉妒之情。此外,贵族的身份能使他们免受他人的嫉妒,似乎他们生来就应享有这份荣耀。毋庸置疑,拥有贵族精英的君王如果能够知人善用,便可高枕无忧,更好地行使各项权力,因为人们认为这些贵族天生拥有发号施令的权利,会自然而然地服从他们。

谈叛乱与骚动

为民牧者,应当知晓国家暴风骤雨来临的征兆。这风雨通常在国家诸事平顺的时候来得最为汹涌,正如自然界的暴风雨在春秋分之时最盛一样。而且就像暴风雨来临之前山谷定会刮起阵风,海洋定会涌起暗流一样,国家也有类似情况:

太阳也常给警告:动荡近在眼前,

叛乱与暗算随时会出现。①

当诋毁和抨击国家的放肆论调屡见不鲜且公开传播,当与之类似的谣言四起、危害国家却为人轻信的时候,就是动乱即将来临的征兆。维吉尔在叙述谣言女神的家世时说她是巨人们的妹妹:

---

①见维吉尔《农事诗》。

地母因恼恨众神遂生了她，

这巨人族最后的一名，

科乌斯和凯恩拉都斯的妹妹。①

谣言好像是以往叛乱的遗物，却也毋庸置疑是将来叛乱的序曲。然而维吉尔所说也很有道理，即叛乱之举和叛乱之言差异很小，就像兄弟之于姐妹、男性之于女性一样。尤其是当国家最值得称道、最深得民心的英明举措遭到歪曲与诋毁时，两者的差异更是微乎其微：因为这表现出强烈的嫉妒心理。正如塔西佗所言："当政府不受欢迎的时候，举措好坏都要受到攻击。"但别以为既然谣言是动乱来临的征兆，对它严封死堵就是压制动乱的良方；其实四处封堵谣言只会积蓄人们心头的疑虑，而对它置若罔闻往往才是制止谣言的最佳手段。还有，对于塔西佗所说的那种"服从"，也要提防：他们当兵领饷，但是对于长官的命令却乐于议论而不乐于服从。对于命令和指示争长论短、吹毛求疵，都是试图摆脱束缚、拒绝服从的表现，尤其是在此类争论中，拥戴命令的人说话常常战战兢兢，而反对的一方却显得肆无忌惮。

另外，马基雅维利所言极是，当本应为民父母的君主自成一派或者倒向一边的时候，其政权就像一条因载重不平衡而倾覆的船，这一点在法兰西国王亨利三世时代体现得非常明显。起初国王为了消灭新教徒加入了神圣同盟，不久之后该同盟却反戈一击。因为如果王权仅仅被用作达成某一目的的帮凶，并且出现了比王权的束缚力更大的权威时，君主就会开始大权旁落了。

再者，当冲突、诟病和党争明目张胆、肆无忌惮地进行的时候，便是政

---

① 见维吉尔《埃涅阿斯记》。

府权威丧失的征兆。若用老派的"地球中心说"来比喻,政府要员的行为应如在原动力下天体的运行,即每个天体都在最高动力的支配下迅捷地公转,而在自身动力下和缓地自转。因此,当政要们自转过猛,或如塔西佗所言"放肆得目无尊主"时,就是这些"天体"脱轨的表现。因为君主的尊严是上帝赋予的,所以只有上帝才能威胁将其解除,说"我要松开列王的绑"①。

因此,当政府的四大支柱——宗教、司法、议会、财政中的任何一根受到猛烈动摇或被严重削弱的时候,人们就要祈求上天保佑了。关于叛乱的征兆我们暂且说到这儿,在下文中读者还将对其有进一步的了解。下面让我们依序来谈谈叛乱的要素、叛乱的动机和防止叛乱的方法。

首先是叛乱的要素。这是一个非常值得思考的问题,因为防止叛乱最妥善的方法(如果时间允许的话)就是消除叛乱产生的因素。这就像如果备好柴薪,很难说何时擦出的火花就会引燃大火一样。叛乱的要素有两个:一是贫困盛行,二是怨声载道。诚然,有越多的业主破产,就有越多的人支持叛乱。卢坎对内战前的罗马描写十分精辟:

> 从此有了吃人的高利贷和贪婪的重利,
>
> 从此有了信誉危机和对众人有利的战争。

这种"对众人有利的战争"是一个国家将要出现叛乱和骚动的确切无误的信号。如果上流破产者的贫困潦倒和普通民众的缺衣少食连为一体,那么国家巨大的危难将随之而来,因为为填饱肚子而进行的叛乱是最难平息的。至于怨气和不满,它们在政府团体之中就像人体的负面情绪

①参见《圣经·旧约·以赛亚书》,在此处指解除力量。

一样,很容易积蓄成一股异常的愤怒之火而被点燃。而君主不能依据民怨是否合理来衡量其有无危险性,那样就把民众想象得太理智了,因为他们往往会摒弃自身的利益;也不能通过民怨所引起痛苦的实际大小来衡量危险大小,因为远超痛苦的恐惧的怨气才是最危险的不满情绪。"痛苦有限,恐惧无边。"在高压之下,痛苦使人产生耐性却也同时丧失勇气,但是恐惧则不然。任何君主和国家都不能对那些司空见惯或由来已久而尚未产生危险的怨气掉以轻心,因为虽说并不是每一股水汽和烟尘都会化作暴风雨,乌云有时候也会被风吹散,但暴风雨终究有倾盆而下的时候。有则西班牙谚语说得好:"绳子最终会被轻轻地一拉而扯断。"

其次是叛乱的原因和动机,包括宗教改革、苛捐杂税①、法律变更、移风易俗、特权废除、压力普遍、小人得势、外族入侵、饥荒盛行、散兵作乱、激烈党争,以及任何冒犯民众导致其为了实现共同目标而团结一致、共同反抗的事件。

最后,我们要谈一些防止叛乱的普遍方法,但是要对症下药方可奏效,针对具体情况需具体分析而不能一概而论。

防止叛乱的第一个方法,就是尽一切可能消除我们上文提及的叛乱的要素,也就是根治国内的贫困。要想达到这一目的,应当采取如下措施:开放和平衡贸易,保护并鼓励制造业,摒除好逸恶劳,明令禁止铺张浪费,改良并垦殖土壤,合理调节物价,减轻赋税,等等。通常来说,应该注意防范一个国家的人口不要超过该国家可供养的人数上限,尤其是人口没有因为战争而锐减时。但是也不要仅凭数量来考虑人口问题,因为相较于生活水平低但是收入总量多的大多数人,花销极大而产出甚微的少

---

①苛捐杂税:指反动统治下苛刻繁重的杂税。

数人更容易把国家挖空。所以，如果达官显贵的增长速度超过了平民百姓，就会加速国家的贫困。神职人员的过度增长也会导致同样的问题，因为他们不会带来任何物质财富。同样，当学者的人数多而职位少的时候也是这样。

同时应当谨记，任何国家的经济增长都需要依赖其他国家（*因为本国的财富总是此长彼消*），而一国向外输出的商品无非有三类：天然物产、工业制品和交通运输。那么如果这三个轮子都能正常运转，财富便会像春潮般滚滚而来，往往还会出现这种情况："劳动贵于物产。"即相比原材料，工业和运输更加有价值，能给国家带来更多财富。荷兰人就是一个很好的例子，因为他们拥有全世界最好的地上矿藏①。

最重要的是推行良策，保证国家的财富不要集中在少数人手中，不然就会出现国家财力雄厚，而人民仍忍饥挨饿的情况。金钱犹如肥料，不施匀就无法发挥效力。要做到财富平均分配，主要靠压制或者至少严抓暴利行业，如高利贷盘剥、垄断性大牧场等。

下面谈谈如何消除怨气和不满，或者说至少消除其危险性。我们知道，每个国家都有两类臣民：贵族和平民。两者若只有一方心怀不满，则叛乱的危险还不算大，因为平民若没有贵族煽动行动会比较迟缓，而贵族若没有平民支持则会显得势单力薄。危险的是，贵族恰巧等到平民骚动的时候才声明自己的不满。诗人们讲过这样一则寓言，说有一天众神想把主神朱庇特（宙斯）捆绑起来，朱庇特听说后在帕拉斯的建议下，只好紧急召唤百手巨人布里阿柔斯前来援助。毫无疑问，这说明了君主要确保民意顺从才能长治久安。而获取民意的一个安全的方法，是给予他们适

---

①地上矿藏：指荷兰拥有发达的工业和贸易。

当的自由来发泄内心的愤懑和不满——只要这种发泄不太肆无忌惮。这就像如果把苦水往肚子里咽，让脓血入侵体内，就有罹患恶性溃疡和急性脓疮的危险一样。

产生怨气和不满的时候，埃庇米修斯的做法倒是很适合普罗米修斯，因为没有比这更好的法子来消除不满了。当痛苦与灾祸从潘多拉魔盒中飞出来的时候，埃庇米修斯最终关上了盖子，将希望留存盒底。毫无疑问，慎重而巧妙地培养和保持希望，并将人们从一个希望带向另一个希望，是避免不满情绪毒害的最佳解药之一。当一个政府在无力满足人民需求时仍能给予人民希望来获取民心，而且在处理事务时不致使祸患猖獗并总能向人民传达出必有解决之道的信心，就可以表明它的确是一个能够施行明智举措的贤明政府。这一点并不难办到，因为无论是个人还是党派双方都愿意说服自己还有希望，或者至少也喜欢装出不相信大祸临头的样子。

另外，应防范国内出现擅长召集或煽动不满之徒的首领。这一点虽然众所周知却不失为一个警戒良策。以我的理解，这样的首领指的是那些声名显赫、为不满之徒所拥戴景仰的人，而他们自己对个人的境况也心存不满。对于这种人，要么迅速采取手段真诚地将其拉拢过来而使其归顺政府，要么使他们跟同党中的反对派对立以削弱其势力。通常来讲，分化瓦解一切不利于国家的党派和组织，使他们彼此对立，至少互不信任，也算是消除隐患的一种方法。如果支持政府的人们充斥着不和与党争，而那些反对派却团结一致、万众一心的话，就是一种极其危险的情况了。

我还注意到，往往是一些出自君主之口的睿语警句点燃了叛乱之火。恺撒曾因说过"苏拉并非才子，所以不懂独裁"而招致杀身之祸，因为这句话完全抹杀了一度幻想他放弃独裁的人们的希望。加尔巴以一句"我不收买士兵而征募士兵"毁了自己,因为这让士兵们获取赏赐的希望破灭。同样,普罗巴也说过"假如我活下去,罗马帝国将不再需要士兵"这样的话,使士兵们深感绝望。这样的情况不胜枚举。无疑,君主在危险的事件和不安的时代中,应当注意言辞;尤其是这些简短犀利的话语,如飞箭一般脱口而出,会被人们看作是君主内心真实想法的无意流露。而那些刻板枯燥的长篇大论,反而少有人去关注。

最后,为预防叛乱起见,君主身边应配备一名或数名有勇有谋的能臣,能够在叛乱之始就将其平息。若无能臣,当叛乱爆发时,朝廷上下就会惊慌失措,国家就将会面临塔西佗所说的那种危险:"虽然兴起叛乱的人少,但是乐于参与跟随的人多,而一般人对叛乱都持默许态度。"但是,选任的大将能臣一定要忠诚可靠、德高望重,绝不能拉帮结派、哗众取宠;而且要与政府的其他要员保持步调一致。不然的话,这则药剂带来的危险将会比疾病本身更加可怕。

谈无神论

　　我宁可相信《圣徒传记》《塔木德经》①以及《古兰经》中所有的传奇故事,也不相信茫茫宇宙之中没有一个主宰的神灵。上帝从来不需要创造奇迹来说服无神论者,他的自然万物就是神力最好的代言人。的确,对哲学的一知半解会使人倾向于无神论,但深入研究之后,人心又会皈依宗教。因为当人的注意力集中于零散次因②时,便容易满足于此而不再深究。但是当人能够认识到所有次因之间的相互联系,以及事物的因果结合之时,人心便会飞向天道和上帝。不仅如此,连最为力挺无神论的哲学学派(以留基伯、德谟克利特和伊壁鸠鲁为代表的原子说派)其实也用他

---

　　①《圣徒传记》是13世纪时由热那亚大主教雅各·沃兰编写的圣徒故事集。《塔木德经》则是记载犹太人生活、宗教信仰及道德修养的口传律法集,是犹太教仅次于《圣经》的主要宗教经典。

　　②次因:又称"第二动因",是指由于第一动因的推动产生的个别事物和运动的原因;亚里士多德学派以为第一动因是一切事物的最后目的和运动的最终原因;牛顿则认为它是推动一切行星由静止到运动的外力;培根认为第一动因是上帝。

们的学说证实了宗教的存在。他们认为世界上的秩序与美是由无数非常小且位置自由的原子组成的，无需神的领导。而亚里士多德学派则认为世界是由四个可变元素和一个不可变元素按照一定时间规律永久地组合而成的，无需神的领导。同样是无神论学说，后者比前者要可信许多。

《圣经》上写"愚人心中说，没有上帝"①，但是并没有写"愚人心中想，没有上帝"。也就是说，愚人心中虽反复对自己说世界上没有上帝，也并不代表他就真的不信上帝。也许愚人也是可以被说服信上帝甚至是笃信上帝的。除了那些打着无神论的旗帜为自己谋私利的人，没有人否认上帝的存在。似乎那些鼓吹无神论的人都只是嘴上说说，并没有把无神论作为信条放在心里。他们总是在喋喋不休地宣传着自己的言论，好像是知道自己心里没底，需要别人的赞同来壮实根基。更有甚者，人们可以看到无神论也和其他教派一样，在努力吸收信徒壮大自己。最有意思的是，你会发现有些无神论者宁愿因自己的主张受尽折磨也不愿反悔认错。如果他们真的相信世界上没有上帝，那又何必因此自寻烦恼？伊壁鸠鲁曾断言有"自然之神"的存在，不过他们都只是自己快活而不问人间疾苦。对此，人们抱以斥责的态度，认为伊壁鸠鲁见风使舵、沽名钓誉。但我认为这种评价其实是在诽谤他，他的话是高尚而虔诚的："不相信世人所说的神灵并不是亵渎，把世俗之见赋予神灵才是真的亵渎。"恐怕连柏拉图都说不出比这精彩的话。再者，虽然他敢于否认神对人世的主宰，但是他没有能力否定神天然的存在。西印度群岛的蛮人不知上帝的圣名，但是他们有一些自己命名的神。就像古欧洲的异教徒们虽没有"神"这样的词汇，但是也有丘比特、阿波罗、马尔斯等神的名字。这说明连未开化的野

---

① 语见《圣经·旧约·诗篇》的第14篇的第1节和第53篇的第1节。

蛮人都有神的概念,只不过在深度和广度上不及现代文明人。因此,在反对无神论这点上,最无知的野蛮人和最高深的哲学家是站在一起的。无神论的思想家很少见,一个迪亚哥拉斯①,一个彼翁②,或许还有个卢奇安③和其他几位而已。他们其实也不是完全的无神论者。因为任何一个对公认的宗教迷信有怀疑的人,都会被反对者扣上无神论的帽子。而那些彻底的无神论者都是伪君子,他们整日谈论神圣的事物却毫无知觉,最后一定会变得麻木不仁。

无神论产生的原因主要有四个:第一,教派的分裂。一个大教派分裂成两派,会使得双方努力竞争,促进彼此发展。但是如果分裂的派系过多,则会引起无神论了。第二,僧侣的丑闻。正如圣贝尔纳所说的一样:"我们现在不能说僧侣如凡人,因为凡人都比僧侣要干净。"第三,一种亵渎和嘲弄神圣事物的风气,正在一点点地抹去宗教的尊严。最后,现在是学术昌盛、和平且繁荣的年代,然而只有艰难困苦才会使人更倾向于诉诸宗教。

人类在肉体上很接近低等动物,如果在精神上再不亲近神灵的话,那么人就与低等生物无异了。所以否认神明就是否认人类的尊贵属性。无神论同样也会损害人的气概,阻碍人性的升华。以狗为例,当一只狗发现自己被人收养的时候,它会变得很英武神勇。主人对于狗来说就相当于上帝对于人,是一种更高级的灵性的存在。若不是因为狗信仰比自己高尚的灵魂,是激发不出它这样的本性的。同样,当一个人坚信自己受到了

---

①迪亚哥拉斯:外号"无神论者"。他对通行的宗教嗤之以鼻,被控渎神,因此被驱逐出希腊。

②彼翁:生活在公元前3世纪的古希腊的哲学家和诗人。因不敬重神灵被判处死刑,后逃往科林斯避祸。

③卢奇安:古希腊作家,他在《悲剧宙斯》一文中批判"神创论"。

神灵的庇护和恩惠并加以自勉的时候,就可以激发出单凭他一己之力无法获得的能量和信心。所以,无神论从各个方面来看都很可恶。它让人丧失了不断克服自身弱点的力量,对人如此,对国家更是如此。从来没有一个国家像罗马那么虔诚,那么伟大。西塞罗曾经对这个国家有过精辟的描述:"论人口数量,我们不如西班牙人;论体力,我们不如高卢人;论机敏狡猾,我们不如迦太基人;论艺术,我们不如希腊人;甚至论对于这片土地的眷恋之情,我们也比不过土生土长的意大利人和拉丁人。但我们是应该骄傲的,因为在对宗教信仰的虔诚上,我们拥有认为整个世界都是由神灵主宰的这一大智慧,我们胜过一切国家和民族。"

谈 迷 信

对神灵妄加评论还不如一无所知。因为后者只是不信神，而前者却是侮辱神，迷信实乃对神的亵渎。对于这点，普鲁塔克说得很好："我宁愿别人说世界上没有一个叫普鲁塔克的家伙，也不愿意听到别人说确实有普鲁塔克这个人，他会像诗人口中的萨图尔努斯①那样吃掉自己刚出生的孩子。"对上帝越无礼，人类就越危险。无神论可以在没有宗教存在的情况下，让人冷静理性、懂得哲学、虔敬自然、恪守孝道、遵守法律、爱惜名誉，可以把人引向美德。然而迷信却抛弃了这一切美好，在人们心中建立起一种绝对的君主专制。因此，无神论从不曾扰乱江山，它只是让人们小心地守着自己的一亩三分地，不越雷池一步。我们可以看到，所有倾向于

---

①萨图尔努斯：古希腊神话中的克洛诺斯。他是宇宙之主。曾有预言说他会被自己的儿子推翻，于是，子女一出世，他就将他们吞进肚子里。他的妻子就用石头代替宙斯，宙斯后来夺走了他的王位。

无神论的时代(就像奥古斯都·恺撒大帝的时代)都是太平盛世。但是迷信带来了"第十重天"①,扰乱了政府的各个领域,曾使许多国家陷入纷乱。普通民众最易迷信,所有的迷信活动都是本末倒置的,智者跟着愚人跑,理论反而去迎合实际。在经院派学者占很大优势的特兰托宗教会议上,一些高级主教曾意味深长地指出:"就像天文学家们明知道没有这样的东西,还假装提出离心圈、本轮这样的轨道模具来解释行星的运动现象;同样,经院派的学者们也凭空杜撰出许多精妙复杂的原理和法则来解释宗教的行为。"

迷信的原因有:令人愉悦并且眼花缭乱的宗教仪式;过分在意形式的装模作样的神圣感;对传统过分的崇敬加重了教会负担;高级教士为了野心和钱财而使的诡计;对个人发展过度看重导致的自满和标新立异;只会胡思乱想的人还喜欢主持神圣事务;还有那些野蛮的时代,特别是灾难频发的年代。迷信盖上信仰的面纱,却不是信仰,就显得邪恶;就像猿人太像人却不是人,因此被贴上丑陋的标签一样,迷信也因为假扮成宗教却不是宗教而更加畸形。另外一点也需要注意,就像一块小鲜肉被蛆虫侵蚀以后会腐烂一样,良好的秩序和仪式也会被迷信侵蚀而变成繁文缛节。有时候当人们想要彻底远离迷信而走得太远,做得极端之时,又会产生另一种反对迷信的迷信。人们要留心勿把好的连同坏的一起去掉,就像把孩子和洗澡水一起倒掉;当凡夫俗子来改革宗教的时候最容易出现这种状况。

---

①希腊天文学家托勒密的"天体学说"认为地球处于宇宙的中心,其他天体环绕地球旋转。最远的星体之外还有十重天,具有驱动所有星球运动的力量,但同时,每个星球又各自运动着,只是运动力量较和缓,此处用来譬喻"迷信"的力量对政府管理的扰乱。

谈 旅 行

　　旅行,对年轻人来说是一种教育,对老年人来说是一次经历。想要去一个国家旅行,起码要对它的语言有基本的掌握,不然就成了一次口语实训,而不能称之为旅行了。我很支持年轻人在家庭教师或者可靠随从的陪同下出行,只要那个人懂得某国的语言且之前去过这个国家,因为这样,他就可以告诉年轻人在那个国家有什么值得一看,哪些人应当结识,能够得到什么锻炼。不然的话,年轻人就会一头雾水,难以开阔眼界。很奇怪的是,在海上旅行的时候,除了天空和大海没有什么可看的,人们反而想写日记;而在陆上旅行的时候,尽管能够欣赏到很多景色,人们却往往疏于记录,好像偶然所得比司空见惯的经历更值得一记似的。正因如此,我们更应养成写日记的习惯。

　　旅行中要去参观的应该包括:君王早朝(尤其是接见使臣的时候);司法法院和宗教法院审理案件的现场;教堂和寺院以及其中留存的历史文

物；城墙和堡垒、商埠和港湾、古物和遗迹、图书馆、大学、辩论和演讲稿
（如果还有存留的话）；航海和舰队；大城市附近壮丽的建筑和花园；军械
库、兵工厂和弹药库、交易所、基金会和仓库，马术、击剑、军训等类似的操
练；上流人士光顾的剧院、珠宝玉服、木器珍玩……总之，要参观当地所有
值得你以后回忆的事物。凡此种种，随从或家教都应该多加打听。至于
盛典、宫剧、宴会、婚礼、出殡、行刑等等这些活动，尽管在旅行中不可避免
会遇到，但不值得我们去花心思学习。

　　如果你想让一个年轻人进行一次短途旅行，而且在短时间内使他有
较大的收获，就要遵循以下几点原则：首先，如上所述，他在动身之前要对
该国语言有所入门；其次，也正如刚才所讲，他还要有一名了解该国的家
教或者随从陪同。应该随身带一些介绍所要旅行国家风土人情的地图和
书籍，以便随时查阅。还要养成写日记的习惯。不要让他在一个城镇长
时间逗留，停留的时间依据该地可参观的价值而定，但是不能过久。还有
在城镇旅行期间，要常常变换居住地点，这样有利于结交更多的朋友。他
应当避免与本国同胞交往过密，要在可以结交当地名流的地方用餐。当
他从一处前往另一处时，应当设法请人引荐一些当地的优秀人士，这可以
对他接下来的旅行提供帮助，这样既有利于缩短旅行时间，同时也会使他
受益良多。至于在旅行中最值得结交的人，是各国大使的秘书和随员。
这样当在一国旅行的时候，他就可以收获多个国家的体验。他也应该去
见识和拜访各界扬名海外的人物，以判断他们是否名副其实。在旅行中
要谨言慎行，避免口角。争吵一般是由迷恋情人、过度饮酒、争抢座次和
出言不逊引起的。当与脾气暴躁、爱好争斗的人同行时更应该注意，谨防
被他们卷入争吵当中。

　　当旅行者回家后，不要让他将所游览的国家抛到脑后，而要他与在当

地结识的最有价值的朋友保持书信往来。要让自己的旅行经历体现在言谈中,而不是衣着举止上;在回答问题时要更多地给出建议而不是单纯地津津乐道;要显示出自己不是要用外邦的文化来改变本国的行为习惯,而只是将国外的智慧之花撷取了几朵,移植到了本国的风俗之土上而已。

谈 王 权

　　欲求不满而恐惧甚多,这是一种可悲的心理状态,但却常常为君主所有。君土身为九五至尊,衣食无忧,这却导致自己越来越萎靡不振;他们担心身边杀机暗藏、险象环生,又搅得自己成天心绪不宁。这也是《圣经》上所言"天之高,地之厚,君主之心也测不透"的原因之一。因为恐惧多疑,又缺乏能够主导和约束其他情感的强烈欲望,所以君主之心难以揣度。因此许多君主常常没有欲望也要为自己创造欲望,将自己的心思寄托在一些琐事上:有时是迷恋一座建筑,有时是创立某种祭礼,有时是擢升一位官员,有时是精通某门技艺,就像尼禄善弹琴、图密善射箭、康茂德善击剑、卡拉卡拉善驾车,如此等等,数不胜数。① 对于有些人来说,这似乎不可思议,因为他们不明白这样一个道理:比起在大事上滞留不前,人

---

　　①尼禄、图密、康茂德、卡拉卡拉都是古罗马皇帝,他们的行为都十分残暴。

的情感更容易在小事的成就上得到鼓舞和振奋。我们也常见那些在早年无往不胜的君主，由于不可能永远一往无前、战无不胜，而在晚年变得迷信且郁郁寡欢。就像亚历山大大帝、戴克里先和我们耳熟能详的查理五世等人，都是因为习惯了一往无前的征战，一旦停下脚步就开始自暴自弃，再也做不回当年的自己了。

下面来谈一谈王权的平衡。这种平衡很难保持，因为平衡和失衡都是由王权和自由这一对矛盾体构成的。只是平衡是用来调和这种矛盾的，失衡则会使矛盾双方交替出现。在这一点上，阿波罗尼乌斯①给维斯帕芗②的回答具有很好的指导意义。维斯帕芗问他："尼禄为何被推翻？"他答道："尼禄虽善于弹琴调弦，但在处理政务的时候时而把弦绷得太紧，时而把弦放得太松。"的确，既不公平又不适时地滥用权力，忽然高压政策，忽然放任自流，是最有损君主权威的一种做法了。

不可否认，所谓近代君主的智慧大多是灾祸临近时的缓兵之计，而缺少防患于未然的可靠措施，这种计谋只能说是在碰运气。君主们应当注意，不能忽视或容忍意欲叛乱者备下动乱的柴薪，因为没有人可以阻止火苗的迸发，也没有人能预测它将来自何方。君主巩固霸业困难重重，其中最大的困难却常常来自他们自身。正如塔西佗所说，君主的想法自相矛盾是常有的事："君主的欲望是强烈而又自相矛盾的。"既想达到目的，又不忍采取手段，这大概就是权利的矛盾之处吧。

君主要谨慎处理与接壤邻国、三宫六院、王子公主、长老教士、王公贵族、新兴贵族、市贾商人、平民百姓和将领士兵的关系，因为如果稍有不

①阿波罗尼乌斯：公元1世纪时希腊著名的哲学家和术士。
②维斯帕芗：古罗马皇帝。

慎,这些人都可能会带来危险。

首先是如何与邻国打交道。虽然没有放诸四海皆准的定律,因为情况总是处于变化之中,但是有一条原则适用,那就是一国之君需要时刻保持警惕,防止任何邻国通过领土扩张、贸易入侵、重兵压境等手段变得过分强大,以致给本国造成威胁。预测并阻止这种情况的发生通常是政府部门的工作。在英王亨利八世、法王法兰西斯一世和神圣罗马帝国皇帝查理五世三足鼎立的时候,三国互相监视,如果其中有一国赢得了方寸之地,其余两国就会马上采取手段寻求平衡,有时是通过结盟,必要时还会发起战争,但都绝不会牺牲本国利益换取和平。类似的还有那不勒斯王斐迪南、佛罗伦萨统治者洛伦佐·美地奇和米兰大公多维科·斯福尔结成的同盟——圭契阿迪尼称之为意大利安全保障。一些经院派哲学家认为,人不犯我,我不犯人,不到万不得已不能发动战争,但这种观点是不可取的。毫无疑问,即使敌人还未出击,对于潜在危险的恐惧也足以成为发动战争的正当理由。

说到君主们的妻妾,历史上不乏红颜祸水的残酷事例。莉维亚①因为毒死丈夫而声名狼藉;奥斯曼帝国苏里曼一世的王后罗克娑拉娜不仅杀害了著名的太子穆斯塔法,而且扰乱了皇家宫廷的子嗣繁衍②;英王爱德华二世的王后竟是废黜并谋杀他的主谋。所以君主最应该提防的危险是王后密谋令自己的子嗣登基或者她们有外遇。

至于君主的子嗣们,由他们引发的祸乱也是屡见不鲜,而不幸也常常是由父皇怀疑子嗣的行为发端的。刚才我们提到的穆斯塔法之死对苏里

①莉维亚:奥古斯都的第三位皇妃,为了让自己的儿子提比略继承皇位,就设计毒死了自己的丈夫。
②苏里曼一世的王后嫉妒太子穆斯塔法,设计指派人将其杀死。苏里曼其他的儿子也争斗不已。培根在这里指出苏里曼儿子谢里姆是私生子。

曼家族带来的创伤无疑是致命的,因为谢里曼二世被认为是王后的私生子,所以从苏里曼时代至今,人们都怀疑土耳其王室的血统不纯正。君士坦丁大帝处死年轻温顺的大儿子克里斯普斯,同样也是对自己家族的一场灾难,因此他的两个儿子——君士坦丁和君士坦斯都死于非命,另外一个儿子君士坦提斯也不得善终,虽说他是死于疾病,但那也是在叛贼朱里安起兵造反之后发生的。马其顿国王腓力五世诛杀儿子季米特里乌斯,后来发现是误杀后自己含恨而终。这样的例子数不胜数,但很少有做父王的能从这种对子嗣的猜疑中获益,除了儿子们公然起兵反叛的情况,如苏里曼一世讨伐逆子巴耶赛特,又如英王亨利二世兵败他的三个儿子。

说到高级教士,当他们变得位高权重、傲慢自大的时候,也会给君主带来危险。当年坎特伯雷大主教安塞姆和托马斯·贝克特就是这种情况。他们曾试图用自己的权杖与君主的利剑相抗衡,只不过需要应对的恰好都是几位强悍骄纵的君主——威廉·鲁弗斯、亨利一世和亨利二世。其实危险并非来自教会本身,而是来自于扶植他们的外国势力。或者当教士们由平民选举而非国王或圣职授权者任命的时候,危险也会随之而来。

对于贵族,与他们保持距离绝非坏事。压制贵族势力虽然能够集中王权,但是不太安全,也不利于君主主张的施行。我在拙著《英王亨利七世本纪》中曾经提到,由于亨利七世压制贵族,因此在他统治期间,国家困难重重、灾祸频发。贵族们虽然继续效忠于亨利七世,但是在国事上却拒绝与他合作,结果就是他不得不事事亲力亲为。

而新兴贵族作为一个松散的群体,则不会带来太大危险。虽然有时他们会高谈阔论,但是危害不大。他们还可以平衡老牌贵族的势力,防止老牌贵族过分强大。最后一点,因为新兴贵族是权贵阶层中最接近平民百姓的群体,所以他们也最能缓和民众的动乱。

至于商人,他们可以算是国家的"肝门静脉"。如果商人这条血脉不充盈,那么国家即使四肢完好,也会血管空虚以致营养不足的。他们的苛捐杂税对于国王的岁入并没有太大帮助,反而会因小失大。这是因为各项税率的增加,反而会导致贸易总额的削减。

平民百姓呢,倒是不会造成什么危险,除非他们有运筹帷幄、决胜千里的领袖带领,或者当你妄加干涉他们的宗教、习俗或生活方式的时候,他们才会奋起反抗。

最后是军人,尤其是当他们过着割据一方的集体生活,并且习惯领功受赏的时候,就会成为一个危险阶层,这在土耳其士兵和罗马禁卫军身上可见一斑。不过训练军人,给其配备优良装备,使其驻扎在不同地方,由不同的将领指挥,并且不加赏赐,这样军人就会是国防的一部分而不会带来危险。

君主好像天上的星辰,既能使得风调雨顺,也会招致灾祸。他们受万人景仰,却没有片刻歇息。所有关于君主的戒律,实际上总结起来就是两个"切记":"切记你是一个凡人"和"切记你是神或神的代表"。前者可以约束君主的权力不滥用,后者可以控制君主的欲望不膨胀。

谈 谏 言

人与人之间最伟大的信任就是纳谏。在其他需要信任的领域,如土地、财产、孩子、信用和一些具体事务上,人们只是透露了部分的隐私;而对于谏臣或诤友①,他们则是把整个身家性命都托付给对方,完完全全地信任彼此,所以被咨询的人一定要忠贞负责,值得信赖。明智的君王无需觉得咨询大臣有损威严,因为上帝自己也提倡谏言,还把"劝世者"作为圣子的名号之一。所罗门王曾经说过:"从谏如流方可长治久安。"②事情总会有波折,若不是乘着争论的小船左右摇摆,那必然会坐着命运的扁舟上下摇晃,而后者就像醉汉的蹒跚③步态,充满了危险与动荡。如同所罗门王发现了谏言的必要性一样,他的儿子发现了谏言的力量。他所在的那

①诤友:指能够直言规劝的朋友。
②《圣经·旧约·箴言》中说:"从谏如流方可长治久安,多闻多见才能百战不殆。"
③蹒跚:形容步伐不稳,歪歪斜斜的样子。

个被上帝宠爱的国家就是因为他听信谗言才分裂灭亡的①。谗言有两个天生的特点供我们辨别：从人的角度说，是年轻人的无知谏言；从事的角度说，是主张暴力的谏言。

古时候，人们已经用故事形象地阐明了帝王与谏言是密不可分的，作为君王能聪明地把谏言用于政事是很重要的。朱庇特（宙斯）大帝娶了谏言女神莫提斯，是想要政权与谏言合为一体。婚后，莫提斯女神怀孕了，朱庇特怕自己会被孩子篡位的预言最终实现，赶紧把莫提斯吞了下去。但是之后孩子继续在他的体内成长，最终他的头部分娩出了全副武装的帕拉斯·雅典娜。这个奇异的寓言故事包含了一个君王如何利用谏言处理朝政的秘诀。起初，君王应该把事情交给谋士们来商讨，此阶段相当于刚开始受孕。但是当结果慢慢在智慧子宫里成型，成熟到即将分娩的时候，君王就不该让智囊团继续讨论下去了，不然自己仿佛提线木偶一般全靠别人操控。此时君王应该把事情的掌控权重新收回自己手中，让世人认为最后的决定都是出自自己（这样的决策周密又有力，就像全副武装的雅典娜），不仅让人们感受到自己的权威，更让人们觉得自己足智多谋，如此更能提高自身的声望。

现在我们来谈谈求谏的弊病及对策。我们已知的求谏纳谏的弊病有三个：第一，求谏会导致隐私的泄露，不利于保密。第二，帝王求谏恐怕会使自身的威信削弱，总是咨询别人仿佛自己不能做主一样。第三，奸臣为了一己私利而不是出于求谏者的利益，会用谗言蛊惑君主。出于这些考虑，意大利和法国曾出台过成立"内阁智囊团"的方案，这种药方比疾病本

---

①《圣经·旧约·列王纪》记载：所罗门的儿子罗彼安拒绝听从老臣们要他善待自己的忠言，结果，北方十支色列人分裂成以色列国，只剩下了南方两支，称"犹大国"。

身还可怕。

关于第一条泄密的预防方法：君王不用跟所有的臣子商量所有的事情，可以对事对人都有所选择。而且君王向臣子咨询该怎么做以后，不必透露自己最后的抉择，要以防自己泄露了机密。对于内阁会议而言，有一句话可以作为座右铭："我真是漏洞百出。"①一个以泄密为荣的小人造成的伤害是许多以保密为己任的忠臣都难以弥补的。毋庸置疑，有一些事情涉及高级机密，除了君王只能让一两个人知晓。谏言者少也是有好处的，除了有利于保密，讨论方向和结果也可以保持高度的一致性、减少分歧。要达到这样的效果，必须有一位可以独挑大梁的明君，身边的谏臣也必须是聪明诚实又忠诚的。就像英国七世纪的亨利大帝，每逢大事秘而不宣，最多只与莫顿②和福克斯③商议。

关于第二条，有损君威，神话中已经阐明了，君王的威严不会因为求谏而折损，反而会因此得到升华，君王也不会因此丧失王权。除非有个别谏臣羽翼过丰，或者结党营私，不过这些情况都会被君王发觉并及时遏制住的。

关于第三个弊病，出于私利的谏言。"他在世间难觅忠信"④说的是时代的风气，不是指的个人。所以帝王应该亲近那些忠实、真诚、直爽、不狡猾不兜圈子的臣子。谏臣们通常不会抱成一团，而是会互相防备，所以如果有人为了本派或个人利益进言的话，通常都会有人向君王检举揭发。对于这种谏言最好的对策是，君王能做到像臣子了解自己一样了解他们

①语见古罗马时期的喜剧作家泰伦提乌斯的喜剧《阉奴》。
②莫顿：亨利十世时的坎特伯雷大主教、大法官、牛津大学名誉校长。
③福克斯：亨利十世时威斯敏斯特的主教、国务大臣、掌印大臣。
④语见《圣经·新约·路加福音》。

的秉性，"王者之至德在于知人"。

从另一方面来说，作为一个谏臣，不应过分揣摩帝王的心思。一个真正意义上的好谏臣，应当对君王的事务了然于胸，而不是了解君王的脾气与好恶。如此才能做到直言进谏，而不是曲意逢迎。若君王可以兼顾私下纳谏和公开议事的话则会有意想不到的效果。私下进谏时言论比较自由，公开演说时一般出言谨慎。私下进谏时人们敢于直抒胸臆，公开讨论时容易人云亦云。故，君王最好兼而有之，避免偏听偏信。对低等小官要私下沟通，给他们自由空间以畅所欲言。对达官显贵最好公开纳谏，这可使其恭敬谨慎。若君王只咨询具体事务而不咨询用人也是枉然。事情如果没有人参与就是一潭死水，只有择人得当、执行有力，才能让死水流动起来，生生不息。而且只向位高权重的官员求谏也是远远不够的，这样会像做数学题一样机械简单地把人按照品格性情分类。拥有人才选择方面的观察力是极其重要的，它关乎国家的安危，所谓成也识人，败也识人。古话有云："最好的谏言者是没有生命的。"确实如此，当大臣们出于畏惧不敢多言的时候，书籍永远是直言敢谏的。所以最好的谏臣其实就是书，尤其是那些曾为君主的人的著作。

现在多数的议事都是亲友见面会，对于要讨论的事情议而不辩，作为讨论会而言实在太过草率。对于重大问题最好头天宣布，搁置一晚，次日再议，所谓"夜晚孕育良策"。作为一个庄重有序的组织，英格兰和苏格兰问题联合委员会就是这么做的。我建议专门设立一些请愿日，这样可以让请愿者确切知道何时该前往议会，也给议会留出了不被打扰的专门时间来及时处理国家大事。在选择议会委员的问题上，最好选那些不偏不倚的中立人士，不要为了达到相互牵制的效果故意选敌对两派的死忠。我还建议设立专门的常务委员会，如贸易、金融、战争、诉讼以及一些殖民地。至于那些实际上需要很多特别的议会但全国只有一个议会的国家（如西班牙），那唯一的议会其实就相当于专门的常务委员会，只不过权力更大一些罢了。应该让一些特殊行业的人（如律师、海员、铸币者）遇事先汇报给各专门委员会，再择机汇报给全国议会。不能让他们成群结队前来，更不能让他们大声喧哗，那样就是在聚众闹事而不是在向议会汇报了。开会讨论的时候用长桌子、方桌子，或是墙边摆一排椅子，这看起来是形式上的东西，但其实会影响会议的实质。在长桌会议中，坐在上座的少数人其实可以定夺一切；在其他形式的会议中，非上座议员的意见则会受到更多的重视。君王主持议会的时候，要注意不要在言语中透露过多个人倾向，否则臣子们就不会各抒己见，而是见风使舵，齐声唱一曲"吾皇万岁万万岁"的赞歌了。

谈 拖 延

时运就像在市场买东西,如果你能多逛一会儿,价格说不定就会下跌。但是,有时它又像古罗马预言家西比拉出售预言集一般,起初是整套售卖,然后逐册烧掉,可剩下的部分还按原价出售。① 因为时机正如俗话所说:"如果她给你前额的头发你不抓,就会转过身给你一个光秃秃的后脑勺;或者如果你不接住她先前给你的瓶子把手,那么她转而就会给你难以抓住的胖大瓶身。"所以,没有什么比抓住先机然后再行动更明智的了。要知道,危险并不像它初显时那么无害,更多的危险不会使人感到压迫而是具有极大的欺骗性。不仅如此,对于某些危险最好是在它们还没有来临时就半路出击,而不要眼睁睁地瞅着它步步逼近,因为如果你盯得时间

---

① 古罗马传说,预言家西比拉去见国王塔昆,想把自己的预言集出售给他。塔昆拒绝了。于是西比拉自己焚掉 3 册,来见君王,要原价卖出剩余 6 册,国王再拒绝。后西比拉又自焚 3 册,将剩下的 3 册以原来价格卖出,国王好奇迷惑,就买下了最后的仅剩的 3 册。

过长,很有可能就睡着了。相反,因为影子拖得过长(在月亮低垂,照在敌人背部时出现过这种情况)而受骗,过早地开枪射击;或因为过早的警戒反而招致危险,就是另外一种极端的情况了。正如我们所说的那样,时机的成熟与否必须慎重衡量。一般来说,要想成大事最好以百眼巨人阿耳戈斯开局,派百手巨人布里阿柔丝收尾,前者用来仔细观察,后者用来迅速行事。普鲁托之盔①之所以能使政治家隐形,就是因为能在议事中保守秘密,在执行时雷厉风行。事情一旦到了执行阶段,最好的保密方法就是快速敏捷,就像出膛的子弹在空中飞速穿行,而肉眼根本无法察觉一样。

---

①普鲁托之盔:普鲁托(冥王哈迪斯)命独眼巨人基克洛普斯制作了一顶能隐形的头盔——库内埃。

谈 狡 猾

　　我们把狡猾看作是一种阴险的或者说一种扭曲的智慧。当然，狡猾的人与智慧的人之间是有着天壤之别的；这种差别不仅仅体现在诚信方面，在能力方面亦是如此。比如说，有的人打牌会配牌，可是出牌不够老道；有些人在笼络人心、拉帮结派上很在行，但在其他方面却是无能之辈。在此重申，理解人情世故是一事而懂得事理是另一事；因为很多人在处理"人情"上可以十分周到，但是做起事来却没有准确掌握其中要领；这就体现了一个人在识人方面的能力更胜于他读书的能力。这些人更适合做实事，而不适合辩论。并且他们只能在自己熟悉的领域大展拳脚，而如果他们置身陌生人面前，往往会无所适从、局促不安；因此对于他们不能用那种传统的辨别智慧的方法"把他们通通派到生人面前去"。而且这些狡猾的人就犹如小贩一样，不妨先来看看他们惯用的伎俩有哪些。

　　狡猾之术的第一种方法是用崇敬的目光注视你的聊天对象，就像耶稣为教导门徒而制定的戒律中指明的一样：因为很多智慧的人有公开的表象，却有着不为人所知的内心。当然，眼中要流露出庄重和谦恭，这才叫"尊视"，就像耶稣门徒们仰望耶稣那样。

狡猾之术的第二种方法是，当你有紧急的事务需要办理时，你要先用言语取悦、迷惑那些对你要办的事务具有否决权的那一方，以此转移他的注意力从而使你的事情顺利通过。我认识一位掌议事与秘书的大臣，他从来不会直奔主题，向伊丽莎白女王直接提出议案，而是先用王室资产事宜转移女王的注意力，这样她就不会太在意所签议案里面的内容了。这个道理类似于趁着一个人着急慌忙地要做别的事情时，你可以暗地里随意改变一些事情时，他们却很难发觉到这些细小的变化。

如果你认为别人能漂亮地、有效地完成一件事，但你想用自己的方法解决，想插手阻挠，那么千万不要直言，而是假装给予其美好祝愿，私下就用自己的方式提出，顺势阻挠。欲言又止，就好像因为想到什么而突然制止自己继续说下去一样，这样更能激起听者更大的好奇心。

从你口中被问出来的信息远比你自愿说出来的信息更有说服力，有时候你要稍持城府，故意表现出与平日不同的面容和表情，诱使对方感到好奇，这样即是留下提问的诱饵；别人一问，你再和盘托出。正如尼希米①所为："在国王发问之前，我总会露出哀色，直到国王停下来问我：'发生了什么事让你愁眉不展？'"在难于开口或者令人不快的事情上，可以让那些言语不具分量的人先开口破冰，承受压力。再由那些言语更具分量的人假装偶然走进，接受基于别人言论上的发问，顺势说出自己心里的看法，那西

---

①尼希米：在异邦生长的犹太人。原本在波斯皇宫内任酒政（皇帝的亲信大臣），后来带领犹太人回耶路撒冷。城墙竣工后，受波斯王任命为犹大省省长。

撒司向克劳底亚斯报告梅沙利娜和西利亚斯结婚时就是这样做的。①

当一个人认为在某件事上自己的言论没人会相信的时候，一种狡黠的说话方式就是，冠以"世人所说"或者"流传这样一个言论"一类的名号。

我认识一个人，他写信的时候总会把最重要的部分放在信后的附言里，就好像这是附带的事，根本不重要。

我还认识一个人，他在说话的时候总先把最想说的事情搁一边，往下的过程中再回过头来谈起这件事，就好像他刚刚差点忘记了说一样。

有些人在与其施技对象相遇的时候会佯装惊讶，好像从没有预料到他们的到来。手里拿着一封信或者做其他一些他们不常做的事，这样就可以引人发问，这时候他们就会顺其自然地说出他们想说的话了。

狡猾之术还有第三种方法，那就是将自己的话先灌输给别的人，教他们记住然后说出来，再为自己所用。我知道有两个人，他们是伊丽莎白女王时期秘书长位置的两个候选人。他们私交甚好，在私下常常商议竞选这件事。其中有一个人就说，在这样一个王权日渐没落的时代做秘书长，实在是件苦差事，并且说他不是很想得到这个职位。另一个人觉得这样说可以明哲保身，就原话学过去，跟他自己的朋友们说："在这样一个王权衰落的时代，我完全不想做这个秘书长。"之前那个人听说了，赶紧找方法使这句话传到女王的耳中，女王听到"王权衰落"这样的字眼自然很不高兴，便再也不考虑选第二个人做秘书长了。

在我们英国还有一种特殊的狡猾，叫"锅里翻饼"，也就是甲对乙说的话，甲却转而说那是乙对自己说的。说实话，想要搞清楚到底是谁说出这

①《罗马十二帝王传·克劳底亚斯传》中说，克劳底亚斯的亲信那西撒司将其皇后梅沙利娜与情人西利亚斯密会的事，先由两个宫女传出，再详细告知帝王。最后克劳底亚斯处死了梅沙利娜。

些话来的，还真的很不容易。

有一些人常会从反面去为自己辩护，从而影射他人，陷害他人；就好像说："我是从来不做这种事的。"就好像梯盖利纳斯对布胡斯之所为，他说："他并无二心，而唯以皇帝的安全为念。"

有些人脑海里有一个故事、寓言库，不论他们想说什么道理，他们总能找到合适的故事做载体，通过讲故事的方式表达出来。这样做不仅仅使他们自己处于安全境地，也可以让听者更乐于转述你的话。通过自己的话或者建议来回答别人的问题，实在是一个很好的耍滑方法，这样可以让对方不至于穷追不舍，言语相逼。

真奇怪，有的人在直抒胸臆之前往往不厌其烦地迂回婉转，甚至说谎；在得到某物之前也要旁敲侧击，达成某项目的之前还要先埋下许多铺垫。这种做法虽需要很大的耐心，但的确是非常有效的。

趁人不备之时果敢直接地提问，往往可以使人忘记伪装，流露真言。就好像一个人隐姓埋名，正走进圣保罗大教堂，另一个人从其背后突然叫出他的真名，这往往会使他下意识地突然回头，一探究竟。

"狡猾"这个大商铺里的货物和零星商品自然无穷无尽，不辞辛苦地将他们一一列举也是良好的行为。因为在一个国家中，最为祸国的事莫过于将狡猾误认为是智慧。当然，也有很多人知道要做成一件事有很多途径和成因，却始终无法抓住核心，就好像一个房子空有方便、精致的入口和楼梯，却没有像样的房间。因此你会看到他们可以在结论里发现很多漏洞和取巧的途径，却无法真正地完成检验和论证。他们还常常利用他们的缺点，并希望被理解为具有指明意义的智慧。有些人做事情基本靠利用他人，或者是像我们现在所说的耍小聪明，而不是在自己的行为上精益求精。所罗门早就说过："智者不忘每日自省，愚者不忘偷奸耍滑。"

谈 自 谋

蚂蚁为了生存总是能做出极为聪明的举动,但是如果在一座果园或花园里,它就会变成一种有害的动物了。显然,那些利己之心过于强烈的人,必将有愧于公众。因此,一个人确实应该把利己与道义明确地分开,即使要谋求自己的利益,也不能以损人为前提,尤其是对你的君主和国家。一个人行事皆以私利为中心,就好像地心引力一样,将一切引向自己的中心,这显然是不好的。在这苍穹之间,一切天体运动都是以他物为中心的,这样才能带来益处。一切都以自身作为参考核心,如果他是一位君主,还可以容忍,因为就君主而言,他们的存在有着超乎个人之外的意义,他们的善恶可能对公众的安危命运造成巨大的影响;但是如果这种自利的心境发生在一个仆人与他的主人之间,或者是公民与他的共和国之间,这就会转化成一件非常令人绝望的坏事了。因为不论是什么事情,他们都会为了达成自己的私利而从中做足手脚,歪曲实情。而这些事常常会与其君主或者国家的利益相违背。因此,君主或为政者在选择仆从时应该以没有这种品性为标准,除非他想要仆人做的事可以不计这些小的利益得失。如果主次不分,高低失衡,一心求私利,那将会带来极为严重的后果。譬如仆人的利益反而先于君主的利益,更有甚者为了仆人的利益而干脆牺牲掉君主的利益。这些就是那些不良的官员、财臣、使节与将帅以及其他的奸臣污吏之所为了,这种自利的习惯使他们滥用职权,将自己的私利凌驾于君主的伟业之上。而且大部分情况下,他们所获得的好处仅仅是他们个人之微薄利益,而代价却是他们的君王陷身于水火之中。极端自利者之本性皆如此,他们"引火烧屋,只是为了烤熟鸡蛋"。讽刺的是,这样的人反而能够得到主人的信任,因为他们每天研究的不外乎是怎么样去讨好主人,并从中获取私利。这二者不论为哪一项,都足以让他们背弃本职,不顾主人事务的利益。

为谋私利而耍聪明,不论有多少种类型,都是一种卑劣的行径。就好似从将要倾倒的房屋里,窜逃的老鼠的聪明;好像在穴熊为它们挖出栖身之所后,就将穴熊驱逐的狐狸的聪明;又像在吞食猎物之前落下几滴泪水的鳄鱼的聪明。但是,十分值得注意的是,那些像西塞罗评论庞贝时所说的"不顾旁人而全顾自己"的人,常常是不幸的。他们习惯于牺牲别人而为自己牟利,最终却成为变化无常的命运的牺牲品。他们不断谋求私利而求命运之腾飞,不料自身命运的翅膀却早已被牢牢束缚。

谈 变 更

　　一切生物在初生时都不好看，一切变更也是这样。变更是时间的产物，新的变更要想为人所接受需要一个过程。但有些变更是很难出现的，比如那些初创家业者，其后代往往很难在成就上超过他们。也就是说，那些好的先例可以被模仿，却很难被超越。任何事物都会随着时间的推移发生变化；比如说"坏"，人的本性中如果出现了坏的那一面，这种坏往往要不断发展，直到最强，才会转而向好的方向发展；"好"则与之相反，最初的时候是好，一旦发展到最好，那么接下来就会慢慢衰败了。时间是最伟大的变革家，随着时间的推移，事物慢慢走向颓败，才能催生新的事物。每一种药物的出现无疑都是一次革新，不愿接受新药的人就有可能害新病；习俗定下的东西，可能不是最好的，但是至少是很适合的；那些长久并存的东西，往往由内是相通的，这就是它们存在的理由；而新事物刚出现的时候则与旧事物不是很契合。它们虽可以发挥作用，但是与新事物之间的差别也会引起很多纠纷。而且,新事物就好像异邦人,虽然很受瞩目,但是并不见得讨人欢心。如果时间是停止不动的,那么这些矛盾自然都会不复存在。可是时间一刻不停地在前行,那种对旧事物的坚持实际上就如同革新之举一样,足以导致动荡;那些过于因循守旧的人也将为新时代所不屑。因此,人在变更的过程中最好能遵循时间前进的规律,接受新生的事物,淘汰陈旧的事物。一段时间能带来的改变有时候确实很大,但是这种改变都是由无数个很难为人所察觉的小的改变堆砌而成。如果不是这样,那么一切新事物都将是出乎人预料的事物。

每当有所改进就有其他事物因此被削弱,那些得到改进的东西,都应感谢时间的眷顾;而那些遭到削弱的人却总是把这归罪于实行改革的人。另外,如果不是紧急需要而且必然有益,最好不要在国家内实行新政。并且应当注意的是,改革的动力应该是混乱局势的必然需要。千万不能为了改变而改变。最后需要提出的是,对于新事物不应该全盘否定,而应以存疑的心态去探索、验证。并且,如《圣经》所言:"我们应该立足于古道,顾探四周,当找到了正确的道路,即坚定地走下去。"

谈 敏 捷

　　迫于压力而一味追求速度,是做事情最危险的错误之一。这就好像医生们所说的"预先消化",或者过速消化一样,一定会使身体充满难以消化的积食而诱发其他疾病。因此,判断做事是否敏捷的标准不应是所用时间长短,而应是事务进展的程度深浅。犹如在赛跑的过程中,速度的快慢不在于一步跨多远,也不在于抬脚多高;同样,在处理事务的过程中,紧抓事物的核心,细细雕琢,总比囫囵行事、重量不重质来得要更敏捷一点。有一些人,他们只求在短时间内迅速完成工作,或者营造出事情已经完成的假象,因为这样就可以让他们显得十分敏捷。然而,通过提高工作效率来压缩工作时间是一回事,而通过斩头去尾、偷工减料来快速完成则是另一回事。一件事情,如果还没有经过仔细地讨论就开始,通常没有稳定的处理方式,只有在反复商榷后才得以进行。我认识一位智者,当他看到有人仓促得出结论时,就会用一句俗话来劝诫:"少安毋躁,才能尽快解决事情。"

从另一方面来看，真正的敏捷则是十分珍贵的。时间的长短是衡量办事所含的价值有多少的标准，就好像金钱是衡量货物价值的标准；那些做起来很难提高其敏捷性的事业往往要付出更高的办事费用。斯巴达人和西班牙人都以行事迟缓著称，因此当有人说"让我的死亡来自西班牙吧"，就意味着这样的死亡会来得很缓慢。

对于那些率先提出某项事业的人，我们应该洗耳恭听；如果有建议应该在他们讲演之后提出，而不能在他们说话的过程中打断他们。因为突然插话会打乱一个人发言的思路，让他在回忆思路的时候颠来倒去重复同一个意思，这样反而会让他的发言变得更加冗长。有时候，常常打断别人发言的人比爱好发言说教的人更加令人讨厌啊！

重复说过的话往往是对时间的一种浪费。然而不断重申问题的性质却是最节省时间的方法了，因为这样可以将那些空虚无关的话语剔除。冗长而多问的演说配不上敏捷这个词，就好像长袍、披风不适合赛跑的时候穿一样。序文、传记、借口以及其他关于一个人自身的言语都是大为浪费时间的东西；它们看似出自谦虚，实际上却只是一种自夸。然而应当谨记的是，当有人刻意阻挠的时候，不能过于直截了当。因为已有成见的人往往需要慢慢解释才可以接受，就好像要使药膏生效，需要先热敷一样。

最为重要的事情是，次序、分配和选择是敏捷的真谛，而这一切分配都不宜过分精细。因为那些不擅分配的人从来不会办成事，而那些分配过细的人也不会清晰地明白其中的奥秘。选择在恰当的时间内做事就相当于节省了时间，而不合时宜的举动就好像拳打空气。做事有三个步骤：准备、议论、实验。当然还有完善。也就是说，如果你想把一件事情高效地完成，唯有议论和实验是有大多数人参与的，而准备和完善应该由少部分人完成。先把需要讨论的事情列举下来,然后根据这个大纲开展有目的的讨论,这种做法在大部分情况下有助于加快进程。因为那些否定的决议总比漫无目的的讨论要更有指导意义,就像柴灰比尘土更能肥田一样。

谈 伪 智

　　历来有一种观点，认为法国人内心聪慧而外表愚笨，西班牙人看起来机灵但实际上并没有那么聪明。不管这两个国家之间是不是存在这样一个情况，人与人之间确实有这样的情况。犹如犹大眼中的"虔诚"：仅仅有着虔诚的外貌，行为却违背了虔诚的实意。同样的，在智慧上有的人毫无成就或者少有成就，但却有着聪慧的外表，总能"将一件小事做得虎虎生风"，在别人看来，他们的确有智者的风范。这些形式主义者心怀不轨、不择手段，只为了使自己虚浮的表面变得稍有深度与内涵，这在一个有见识的人看来，真是一件可笑而堪人讽刺的事。

　　有些人是很善于隐藏的，就好像杂货店主，把他们最宝贵的货物藏在暗处而不拿出来给人看；又好像娇羞的少女，心里有话又不肯开诚布公。在他们明白对于所讨论的事自己并不是很了解的时候，他们却还要装模作样，就像要让别人以为他们知道许多不方便挑明的事情一样。有些人借助于面容、手势,他们的聪明是依靠一些独特的标志来体现的,就如同西塞罗形容皮索:当皮索回答西塞罗的时候,他把一条眉毛耸到前额上,把另一条眉毛弯到下巴上去了;他说:"你一条眉毛耸到额上,一条眉毛则弯到下巴上,你还狡辩说,你不赞同残暴。"有些人认为用一些宏大的字眼去表达,或者表现出不容置疑的专横,这样继续下去,将自己无法解释的事情树为权威,就可以成为智者。有些人对于一切超出他们理解范围的东西都表现出极度的不屑,将它们批判为极端无聊而怪异的东西,这样就可以掩盖他们的无知,而表现出很有见识的样子。有些人则永远要保留不同意见,他们通常以一种巧妙的辩论方式来安抚他人,这样就可以迷惑他人,借此转移话题了。这样的人,根据盖利亚斯的说法,是"一个在言语上动手脚而破坏大事的疯子"。关于这一种人,柏拉图在他的《普罗塔高拉斯》一篇中,曾引入普罗第喀斯一人,把他塑造成众人嘲笑的对象。柏拉图使他说了一番话,这一番话从头到尾全是标新立异之辞。一般来讲,这些人在讨论时,总是喜欢持否定意见,并且期望以能反对及预示艰难而得名;又因为各种提案一旦遭否决就就此结案,但是如果它们一经通过,那就需要新的工作了;这种假聪明实在是耽误事业的一大祸患啊。总的来说,像他们这种虚伪的人为了保住他们的名利会使出各种诡计,比生意萧条的商人或倾家荡产的浪子为了保住他们的资产所想出的办法更多。假聪明的人也许可以设法得到名声,但是谁也不要任用他们,因为哪怕任用一个有点愚蠢的人去做事,也比任用一个假装聪明的人强啊!

谈 友 谊

　　"享受孤独的人,要么是野兽,要么是神灵。"①说这话的人若想用寥寥数语将真理与谎言混为一谈,那可比长篇大论要困难。若一个人心里滋生了一种天生而隐秘的对社会的憎恨嫌弃,那么这个人不免带着点野兽的本性,这是极其切实的。但不可能说这样一个人含有任何神灵才有的性质,除非这种憎恨的出发点是隐居起来追求更崇高的生活方式,而不是对于孤独的特殊偏好。异教徒中有些人曾冒充过这样的人,如克瑞蒂人埃辟曼尼底斯、罗马人努马、西西里人安辟道克利斯和蒂亚那人阿波郎尼亚斯。② 真正拥有神灵般天性的人只有基督教会中许多的古代隐士和

---

　　①亚里士多德在其《政治学》中所说。
　　②埃辟曼尼底斯,古希腊哲学家和诗人,据说他在洞中一觉睡了57年;努马,古罗马王政时期的第二位国王,据传他在洞中独处,遇到一位仙女,在仙女的教导下创立了历法和宗教礼仪;安辟道克利斯,古希腊哲学家,据传他跳入火山口而死,目的希望世人认为他是神;阿波郎尼亚斯周游许多国家,后定居希腊。培根所说的这些人,事迹悬而又悬,被很多人都传得神乎其神。

没有友谊的世界就像一片荒漠。

慎言胜于雄辩。

长老们。但是人们对孤独的概念知之甚少,也不知道这个概念所包括的范围。因为在没有"仁爱"的地方,人聚集得再多,也不能成为一个集体;无数面目相对只能算作一廊画作,毫无交流;而谈话也只像铙钹一样虽叮叮作响却毫无内容。拉丁语中有一句谚语说的大概也是这个意思:"一座大城市就是一片大荒野。"因为在一座大城市里朋友们散居各处,所以就其大概而言,不像在小一点的城镇里,人们的交情如此深厚。因此我们不妨更进一步断言,缺乏真正的朋友才是最纯粹最可怜的孤独。没有友谊的世界就像一片荒野。用同样的道理来看"孤独",那些天性不宜交朋友的人,他们继承了野兽的性质,而没有继承人性的光辉。

友谊有一个很重要的效用,就是使人心中由于各种情绪产生的愤懑抑郁之气得以宣泄释放。我们都知道,闭塞的内心对于人的健康来说危害极大,在人的精神方面也是一样的。你可以服撒尔沙以通肝,服铁质丸以通脾,服硫华以通肺,服海狸胶以通脑,然而除了一个真心的朋友,没有哪种约方是可以治疗心病的。面对一个真心的朋友,你可以倾诉你的忧愁、欢悦、恐惧、希望、疑虑以及任何压在你心上的事情,这就好像在教堂里忏悔一样。

令人难以想象的是,很多帝王郡主对于我们前面提到的友谊的益处也十分重视。他们是如此重视友谊,以至于为了得到它,不惜以性命和荣华富贵作为代价。由于这些君主的地位高高在上,他们通常是不能像常人一样享受友谊的。历史上曾经有一位君王,遇见了知己,但碍于地位悬殊,便任命那个人为重臣而与他做伴,然而这样往往会带来诸多不便。像这样的人,现代语称之为"宠臣",好像他们之所以能上升到高位,仅仅是因为君主的恩泽或君臣之间的亲近似的。然而罗马语中有一字眼,算是把这种人的真正用途以及他们被擢升的原因准确地表达出来了。罗马语把这种人叫作 Participescurarum——"分忧者",因为只有这样才可能让原本地位悬殊的君主与臣子拥有这样的关系。而且我们可以看到,像这样的事情并不仅仅发生在懦弱易感的君主身上,即使是历史上最有智谋的君主,也常常要与他的某个臣子结交为友,并向天下公开这层关系,让所有人知道他是君主亲密的朋友。这些君臣之间所用的这种称谓就如同普通人之间所用的一样。

苏拉,当他统治罗马的时候,就曾经把庞贝(他后来被人称为"伟人")擢升到很高的地位,以致后来庞贝吹嘘自己的地位甚至超过了苏拉。有一次,庞贝为他的一位朋友争取执政官的职位,而苏拉推举的人也要参加竞选,最后庞贝推举的人获胜。苏拉对此很是生气,训斥他,而庞贝竟然反唇相向,命令他不要多言,用"拜朝日的人多过拜夕阳的人"这样大逆不道的话来驳倒苏拉。恺撒在位的时候,代西玛斯·布鲁塔斯同样获得了这样的机会,后来竟然逼迫恺撒在遗嘱中立他为次承继人,仅次于恺撒的外甥,而这人最后拥有了处死恺撒的权力。在恺撒感受到不祥的预兆,尤其是因为克尔坡尼亚的一场噩梦①而想解散元老院,改期再开的时候,布鲁塔斯拉着他的胳膊,把他从椅子上轻轻地拉了起来,并告诉他,他不希望他就此解散元老院,等他的夫人做一场吉利一点的梦后再做决定。后来,安东尼曾在一封信里称代西玛斯·布鲁塔斯为"妖人",这番描述在后来西塞罗的攻击演说之一中曾被完整地引用过。就好像布鲁塔斯用妖术迷惑了恺撒似的,由此看来,当时他真的是很得恺撒的信任啊。

阿葛瑞帕虽然出身卑贱,但是奥古斯塔斯却把他擢升到很高的地位,

---

①《罗马十二帝王传》中提到妻子梦到恺撒去元老院后就再也回不来了,因此恺撒想解散元老院。

以致后来当奥古斯塔斯就他的女儿茉莉亚的婚事征询麦西那斯的意见时,麦西那斯竟然说:"你必须把女儿嫁给阿葛瑞帕,否则就必须把阿葛瑞帕杀了,除此之外再没有第三条路可走,因为你已经把阿葛瑞帕放在位高权重的地位上了。"

提比略将西亚努斯升到很高的位置,后来他们二人被认为是一对朋友了。提比略在致西亚努斯的一封信里写道:"为了我们的友谊,我对你没有隐瞒。"而且全体参议院为赞美他们二人之间亲密无间的友谊,建造了一座祭坛,供奉"友谊",仿佛"友谊"是一位女神。这类或者超越这类的例子还有塞普谛米亚斯·塞委鲁斯与普劳梯亚努斯。塞委鲁斯竟强迫他的小儿子娶普劳梯亚努斯的女儿为妻子,并且常常袒护普劳梯亚努斯种种欺辱皇子的行为,他还曾下诏于参议院说:"我如此爱这个人,我希望他可以比我活得长寿。"假如上面提到的这些君主是图拉真或马可·奥赫留一类的皇帝,那么我们尚且可以认为他们的这些举动是出自他们善良的内心。事实上这些君主都很有智谋,内心强大,并且是极端以自我为中心的人,却依然可以做到这样,这就足以证明他们的幸福在世人看来已经难以超越,而对他们自己而言,依然很难满足。他们认为,如果没有知己密友,那么这种所谓的幸福只是徒有其表,并不完美。值得注意的是,这些君主都是有妻有子有甥侄的人,但是亲情对他们的宽慰依然难以与友谊所带给他们的安慰相提并论。

康明奈亚斯说过一段关于他的第一位主上,即"勇敢的"公爵查理的言论,那是尤为难忘的:他绝不会把他的秘密向任何人透露,尤其不会把那最使他为难的秘密告诉别人。就此,他继续说,在查理年老的时候,这种闭塞的心境损害了他的理智,才使他身体抱恙。当然,如果康明奈亚斯乐意的话,对于他的第二位主人路易十一,他也大可下同样的断语,因为路易十一的自闭的确是他的致命弱点。毕达哥拉斯曾说过一句既难理解，又十分准确的话："不要吃你的心。"诚然，说得严重一点，那些渴望拥有朋友来倾诉，却始终难以获得的人，就好像在吞食自己的心。但是有一件事情却着实令人惊讶，我以此来结束我对友谊的第一益处的论述：一个人向朋友宣泄倾诉，会同时产生两种相反的结果，它既能使欢乐倍增，又能使忧愁减半。没有人不会因为自己与朋友分享乐事而倍加开心，也没有人不会在向朋友倾诉之后，哀伤减半。因此，友谊对人心的作用，正如那些炼金术士口中宝石对人身的功用一样；这些宝石，依据术士们的话，虽有可能产生一些相反作用，然而大体来说是有利于天禀的。

友谊的第二个效用，是可以启发智力、管控理智，就像第一个效用对情感的益处一样。友谊在感情方面可以让人有雨过天晴一样的温暖，而在理智方面又能给人由黑夜进入白昼一般的豁然开朗。这不仅仅是因为人可以从朋友那里得来衷心的建议，甚至在这之前，任何心中疑虑过多的人，如果能与别人交流并讨论，那么他的心智将会被打开，理解力将会得到提升而更加清晰；他的思维会将更加敏捷，思路准确而有序；他可以利用语言将他们的思想准确地表达出来；最终他变得比以往更聪明。而要达到这种情形，一小时的谈话比一天的沉思更为有效——这些都是确定无疑的。塞密斯陶克斯对波斯王的话说得极为中肯，他说："言语有如铺开高挂的花毡，其中的图形都可以轻松分辨；而思想则有如卷折起来的花毡，是潜在的内心独白。"

足以启发理智的这种友谊不仅仅来源于那些可以进忠言的朋友，即使没有这样的朋友，一个人也能通过谈话使自己增长知识，学习清晰地表达自己的思想，使自己更加机智善辩，就好像在石头上磨刀必须借助石头一样，刀自己不能变得更加锋利。简言之，一个人，哪怕只有一尊雕像或者一幅画可以用来倾诉思想，也不愿因为思想封闭而逐渐窒息。

　　现在，我们再谈一个显而易见，甚至最普通的人也可以看得清楚的一点，来充分说明友谊的第二种效用，这就是朋友的忠言。一个人从另一个人的诤言中所得来的领悟比基于他自己的理解力、判断力所得出的理解更加干净纯粹，这是无疑的。一个人从自己的理解力与判断力中得来的那种想法难免受他的私人情感和习惯的影响。因此，在朋友所给的诤言与自己所做的主张二者之间进行选择，有如在良友的诤言与小人的建议之间选择一样容易。因为最容易谄媚自己的人莫过于自身，而认清自己最有效的方法就属静听好友的诤言了。

　　诤言总共有两种：一是关于行为的，一是关于事业的。说到第一种，朋友的忠言规劝无疑是让人保持心智清醒的最佳良药。严厉的自我苛责显得太过严酷，尖刻而有害；读那些劝善的好书又不免显得沉闷无味；通过观察他人而总结自己身上的错误有时可能产生偏差，与自身的情况不符。因此，最好的"药方"当数朋友的劝谏。有很多人，尤其是那些伟大的人们，由于没有忠心的朋友可以向他们提出建议，而最后做出荒谬错误的事来，以致名誉扫地，命运多舛，这让人难以相信。正如圣雅各所说，这些人"有时照镜子，但不久就会忘了自己的模样"。讲到事业方面，一个人可能以为两只眼所见与一只眼所见并无太大差别；以为局中人之所见较旁观者来说总要多得多；或者以为一个在发怒中的人和一个默数过二十四个字母、冷静的人一般明智；更以为一支旧式毛瑟枪，托在手臂上和托在架子上一样准确而得力。他还可以有许多诸如此类的愚蠢而骄傲的想法，以为自己可以一夫当关。

　　而事实上，真正能让一个人看清事理、心明练达的，只有朋友的诤言了。还有一些人，采纳忠告，只愿零碎采纳，在某一件事上听信某一人，在另一件事上又询问另一人,这样的办法较之那些全然不听劝告的人要稍微好一点。可是他面临着两种危险:一是他可能得不到真正忠实的建议,因为所进的言论如果不是来自一位完全诚心的朋友,那么很有可能来自那些为了私利而向他提出歪曲建议的人;另一种危险是他所得到的建议,很有可能是有害而不安全的言论,它们一半将招致祸患,而另一半则助长了灾祸和危险。比如你生病就医,虽然这位医生被公认为擅长医治你所患的病症,但他不熟悉你的体质,因此,可能他治好了你当前的疾病,但长远来看却危害你身体其他部分的健康,这最后的结果是挽救了病灶而杀了病人。但是一个完全知晓你事业遭遇的朋友则不同,他会小心翼翼,以免你因为过激推进目前的某种事业而在别的方面遭受新的困难。所以最好不要零零碎碎地听信忠告,它们极有可能扰乱和误导你,而不是指导你前进。

以上叙述了友谊的两种高贵的功效:心情上的抚恤与理智上的指引。除此还有最后一种功效:这种功效的道理就好像石榴有多籽,意思就是说朋友对一个人的各种行为、各种需要,都要有所帮助、有所参与。在这一点上,若要把友谊的多种用途很显明生动地表现出来,最好的方法是计算一下,看看有多少事情是一个人不能仅靠一己之力去完成的。这样计算一下之后,我们就可以看出古人所谓的"朋友就是另一个自己"还是欠妥的,因为一个朋友的作用较之自己还是要大得多。人的生命是有限的,有许多人在没有达到最大的心愿之前就死了,比如子女成婚、事业有成,等等。但要是有了一位真心的朋友,那么他就大可安心,因为他知道这些事在他死后依然有人照料。这样来看,一个人简直是有两条性命来完成心愿了。一个人拥有一个身体,这个身体是被限定在一个地方的;但是假如他有诚挚的朋友,那么所有的人生大事都算是有人可托付了。比如他不能亲自去的地方,他的朋友也可以代表他去。此外,有多少事有碍于颜面而难以完成,或者有些事不能把所有功劳都背在自己身上而显得浮夸,还有些事不能亲自低声下气地去恳求,诸如此类的很多事,都可以托付给自己的朋友。这些事从自己的嘴里说出来显得有失体面,但是请朋友代为说出来就显得很得体适宜。与此相类似的,有些事可能涉及一些他不能回避的人情关系因素。例如,对儿子讲话,必须保持一个父亲应有的威严;对妻子讲话,不能不保持丈夫的气概;对仇敌讲话,不能不顾虑自己的体面。但是你的朋友却可以置身事外而就事论事,不必顾虑到人情与颜面。这一类的事情要想一一列举出来那肯定是说不完的。总之,如果一个人遇到了困难却不便自行解决,而又连一个朋友都没有的话,那么我只能说,真是一件既遗憾又悲哀的事啊!

谈 消 费

财富说到底是用来消费的,而消费则是为了完成善举,获得名誉。因此,非凡的消费应该以其目标的价值意义为尺度。如果是为了他的国家,或者为了达到极乐世界的美好愿望,就算千金散尽也是值得的。但是一般的消费则应该根据这个人的财产情况来加以节制,确保不能超出收入水平;也要防范仆役的欺骗和擅自挪用;还要精心修饰,让外界的估计超出你实际的花费。

当然,假如一个人想要出入相当,不致贫乏,他日常的支出应当只有他收入的一半;若是他想要逐渐富有,那他的支出就应当只占他收入的三分之一。就算是大人物,躬亲检点自己的财产以求节俭,也不是一件有失身份的事情。有些人花钱从不管自己口袋里还留有多少,大概也不仅仅是因为忽略,也是担心一旦发现自己濒临破产便会陷入烦恼。但是伤疤不会因为你不去看它就自动痊愈。那些不会清点自己财产的人不仅需要谨慎聘用账房,还得常常更换他们。因为新人自然会胆小、老实一点,不敢擅自挪用。而那些较少清点自己财产的人则应该对收支做出严格的规定。如果一个人在一方面有较大的消费需求,那么他必须在其他方面做出节制。例如他在吃喝上爱花钱,那他就应该在穿衣上节省一笔。要是他想在住屋上多花一点,那么花在马厩上的钱就应该少一点,诸如此类。因为如果不论什么都大手大脚,那么他很快就会穷困潦倒。清偿债款,妄图一举还清和长久拖欠一样有害,因为匆忙的交易与利息的累计同样都是不利的。而且,很快还清欠款的人一旦发现自己没有债务压力时,就会继续出手阔绰而使自己背上新的债务。但是慢慢偿还的人可以借此培养一种节俭的好习惯,使他的心理与财产同样得益。精简节约以节省零星花费,比卑躬屈节以求蝇头小利要高尚得多。那些需要持续投资的事物,应该谨慎解囊,而那种一次性的消费则可以相对大方一点。

谈强国之道

　　雅典人地米斯托克利,他的言论因自我居功过甚而显得傲慢自大;但若放在别人身上,这些自负的言论却成了严肃睿智的评论和批判。一次宴会上,别人请他抚琴,他自称不会弹琴,但能够把小镇变成大城市。这句话如果作为隐喻,则体现了治国中的两种不同能力。一方面,如果真在治国的大臣中展开调查,就会发现的确有人能够把小国发展壮大,却不会弹琴,尽管这种情况并不多见;另一方面,弹琴娴熟自如但不能将小国发展壮大的大臣也大有人在,不过他们还另有所长——使繁荣昌盛的国家走向衰落和灭亡。后者的许多大臣利用这些腐化的本领来博得君主赏识和百姓尊重,虽只能取悦一时,让演奏者感到体面,但不能为国家的繁荣和发展做出贡献。毫无疑问,也有些算得上称职的大臣,他们能够处理国家事务,不会使国家陷于困境和较大的麻烦,但要使国力强盛、物阜民丰、国运昌隆,他们还远远没有这个能力,我们暂且不讨论这些治国大臣。那我们来说说治国本身,即强国之道——这个问题值得英明君主们时常加以琢磨,使君主们不会因高估自己而在对国家发展无益的事业上空耗精力,也不会因低估自己而屈服于怯懦保守的建议。

国家疆土的大小可以测量,财政收入的多少可以计算,人口的数目可以从户籍册中得知,城镇的数量和大小可以由地图标明,但在国政事务中,估计国家的力量却往往容易出错。天国通常被喻为一粒芥子①,而不是更大一点的果仁或坚果,是因为芥子虽是最小的谷粒之一,却有着迅速生长蔓延的特性和精神。与此类似,而有的国家幅员辽阔却固步自封,有的国家小如芥子却不断壮大。

如果国家的国民不骁勇善战,他们所拥有的一切坚固城池、精良兵器、骁勇战马等都好比是穿着狼皮的羊。不仅如此,如果百姓怯懦,军队的数量再多也无济于事,就像维吉尔说过的一样:狼从不在乎有多少羊的攻击。阿贝拉平原上波斯军队的千军万马让亚历山大军队中的将领为之战栗。这些将领来到亚历山大面前,建议采取夜里偷袭的策略。亚历山大回答自己不会窃取胜利,结果是,他率领的军队不费吹灰之力就打败了波斯军队。亚美尼亚王提格拉尼斯率领四十万的大军驻扎在山上时,发现行进中的罗马军队不超过一万四千人,他十分高兴地对部下说:"这个规模的军队若都是前来谈判的使节则太多,但若是来打仗的就太少了。"但在日落之前,他发现那支看似不堪一击的军队在对他们穷追不舍并大肆杀戮。兵不在多而在勇的例子并不在少数。因此,人们可以做出这样的判断:一个国家强盛与否,关键在于这个民族是否有英勇善战的战士。

---

①《圣经·新约·马太福音》中云:"天国就像一粒芥子,有些人拿走在田里播种。这是所有种子中最小的,但成长起来,却是蔬菜里最大的,长成了树,天上的鸟儿都栖息在它的树枝上。"

有人浅薄地认为金钱是战争的胜利之源，但如果民众卑微孱弱，手无缚鸡之力，金钱的力量再大也无济于事。克罗伊斯①在向梭伦②炫耀他的金子时，梭伦对克罗伊斯说："陛下，如果出现一个人，他比陛下拥有更强健的军队，那么他会成为所有这些金子的主人。"所以，如果本国的军队里不全是英勇善战的战士，那么每个君王都应考虑本国与他国力量的悬殊。此外，如果一个国家的百姓崇尚武力，则该国的君主一定要清楚他们的力量，除非他们在其他方面有缺陷。至于雇佣军——这是在百姓力量薄弱的情况下的补充力量，所有先例都表明任何依赖雇佣军的国家，或许可以在短时期内威震四方，但很快就会被这些雇佣军所牵制。

犹大和以萨迦的天命是不会重合的。所以，同一个民族或者同一个国家不会既是初生之狮又是负重之驴。③ 同理，为苛捐杂税所累的民族永远不可能是英勇尚武的，而经国家同意征收的赋税对百姓士气的影响则较小。荷兰的做法就是一个很好的例子。某种程度上来讲，英国的王室特别税也能说明这一问题。你要知道我们现在所谈论的不是金钱的力量，而是人心的力量。因此，尽管是同样的赋税，不论是同意征收的还是强加征收的，收取的钱财都是一样的，但对于士气的影响却是大相径庭。由此我们可以得出这样的结论：赋税过重的民族无法筑成强大的帝国。

奋发图强的国家要留心贵族绅士的加速增长。这会使普通百姓沦为萎靡不振的贫农贱民，而在实际上成了绅士阶级的奴仆。就像在小的灌木林，如果优质树苗种得太密，就永远长不出一片整齐的林下灌丛，只会

①克罗伊斯：小亚细亚古国吕底亚的最后一个皇帝。传说，他贪婪无度，疯狂敛财而成为巨富。后世将他的名字作为"巨富"的代名词。

②梭伦：古希腊时期雅典的政治家、诗人，希腊七贤之一。

③语出《圣经·旧约·创世纪》，其中记载：犹太人先祖雅各临终之时，将自己的儿子叫过来，告诉自己的儿子犹大是个幼狮，以萨迦则是一个负重的驴。

长成杂乱无章的灌木。同样,对国家而言,如果绅士阶层人数过多,平民就会变得低下。到时候你会发现一百个人中甚至都没有一个人能配得上戴军盔。对于军队的核心步兵来说,更是这样。结果就是国家人口多,力量小。最好的例子就是英国和法国。英国的领土和人口远远少于法国,然而它却一直是法国的劲敌。原因就是英国的中等阶级都是优秀的战士,而法国农民却无法肩此重任。英国国王亨利七世在这方面可以称得上深谋远虑、令人钦佩。他为农舍颁发统一标准:给农民分配定量的土地。这样农民就可以过上自给自足的生活,不再受人奴役。同时,他还把耕地所有权交给农民,使其摆脱了佃农的身份。这样的国家,用维吉尔形容当时意大利的话来说,称得上是兵精粮足、物阜民丰。

还有一个情形也是不能忽略的,这种情形几乎是英国特有,波兰或许也有此现象,但在其他国家很难见到 ——贵族绅士的仆人、侍从都是自由人,并且他们的作战能力丝毫不比自耕农差。毫无疑问,贵族绅士们豪华奢侈,随从如云,热情好客,一时成风,这的确对国家军事的强大有着很大的帮助。相反,贵族绅士们的生活若是悭吝保守,军事力量也会大大衰弱。

无论使用何种方法,都要使尼布甲尼撒梦中的那棵王国之树的树干粗壮到足够支撑它的枝叶。也就是说,君王或国家的本土臣民与受管辖的异族臣民之间要维持适当的比例。因此,所有对异族臣民归化持开明态度的国家都有可能成为帝国。一般认为,一个小民族以世界上最强的勇气和策略征服广阔的版图,但它只能统治一时,不久必定会突然崩塌。斯巴达人对待归化问题态度比较严苛,所以,他们固守领土时,国家稳定。但他们对外扩张后,异族的加入使斯巴达人不堪重负,使国家在一夜之间就叶落枝散了。世界上没有哪个国家能像罗马帝国一样包容、接受异族人，因此它也就顺理成章地成了最大的帝国。他们不仅将国籍权（**罗马帝国称之为公民权**）赐予愿意入籍的异族人，而且让他们最大限度地使用国籍权里包含的其他权利，即贸易权、婚姻权、继承权，还有选举权、担任公职权。这些权利不仅仅适用个人，而且适用家庭，甚至城市，乃至整个国家。再加上罗马人有殖民的习惯，罗马的植物也种到了他国的土壤里。这两点结合起来，你会说不是罗马在向世界扩张，而是世界因为罗马在拓展。这才是真正的强国之道。西班牙人能以如此少的本土公民征服如此辽阔的领土，我时常对此感到惊叹。究其根本，西班牙本土之树拥有十分强健的枝干，远远胜过最初的罗马和斯巴达。另外，尽管他们没有实行归化自由的措施，但他们采取了类似的做法，雇佣来自任何民族的公民作为本国普通士兵。这些士兵也可能成为他们的最高将领。不过从现在出版的国事诏书来看，他们现在似乎意识到了本土公民人数较少的问题。

当然，需要在室内静坐的技艺、精美的制作工艺和尚武精神在本质上是截然相反的。总的来说，所有好战的人都有点儿游手好闲，喜欢冒险而讨厌劳作。要想保持他们的战斗力，就不可过分破坏他们的喜好。所以，斯巴达、雅典、罗马和其他一些古代国家征用奴隶从事制造业有很大的好处。然而，根据基督教法律，奴隶制已基本废除。与之最相似的方法就是将技艺活儿大都交给异族人做，而大多数本土公民除职业士兵外都只能从事三种行业：自耕民、自由仆役和从事高强度人力劳作的工匠，如铁匠、泥水匠、木匠等。

不过，归根结底，强国之道最关键的是国家要把军事作为一国的最大荣誉、最高素养和最佳职业。当然，我们前面所谈论的都只是军事强大的前提条件，如果没有意愿和行动，前提条件再充分又有什么用呢？据传说,罗穆卢斯①死后给罗马人留下的遗言是:尚武,才能成为最强帝国。斯巴达的国家结构正是完全参照这样的目标而建立的。波斯和马其顿也曾经因为军事强大而盛极一时。高卢、日耳曼、哥特、撒克逊、诺曼和其他一些民族都曾称霸一时。尽管土耳其依然拥有强大的军事,但其军事力量已经江河日下了。在欧洲的基督教国家中,实际上只有西班牙拥有强大的军事力量。这是因为只要用心坚持一件事,就会有所收获,这个道理自不必说。西班牙的强大足以说明:长期重视军事的民族是可以创造奇迹的,再比如罗马和土耳其。那些在一段时期内重视军事的国家,那段时期里普遍都有着强盛的国力,即便在国家军事投入程度和训练强度衰减后的很长一段时间内,该国也能保持兴盛不衰。

随之而来的问题,就是国家要有一些法律或惯例能让自己有足够正当的作战理由,即使这些理由是编造的。每个人都有正义之心,所以如果没有冠冕堂皇的理由或事端,人们不会倾向战争,因为战争会导致一系列的灾难。土耳其以宗教传播为战争理由,显然这种理由总是信手拈来。罗马虽然认为帝国扩张是将领的至高荣誉,但这绝不是罗马人发动战争的唯一理由。因此,想要国家强盛还要做到以下两点:首先,要对边境居民、商人或政治使节的无礼侵犯保持敏感,面对挑衅不能坐视太久;其次,像罗马那样,随时准备向同盟国提供援助。如果同盟国与其他国家同时有防御盟约,一旦侵略发生,向各盟国发出救援请求,一般罗马总是第一个提供援助,从不把这个功劳让给别国。至于古代为了党派或政府性质而进行的战争,我不认为有什么正当理由。比如罗马为了希腊的自由发

① 罗穆卢斯:希腊神话中特洛伊英雄埃涅阿斯的后代子孙,是罗马城的缔造者,罗马的第一位国王。

动的战争，斯巴达和雅典为建立或推翻民主政体和寡头政治发动的战争，或者他国以正义或提供保护的理由来解救处于暴政和压迫之下的百姓而发动的战争，以及其他类似的情况。总而言之，不主动制造正当战争理由的国家是不可能强盛的。

人不运动不会健康，国家不打仗也不会强盛。对于国家或政体而言，公正、体面的战争是真正的运动。国内战争实际上就像感冒发烧，而对外战争就像运动生热，能使国家处于健康状态。国家偷倚太平，百姓就会精神萎靡，民风就会败坏。不管战争对国家太平的影响如何，对国家强盛而言，战争一定能使国家拥有一支常备军，拥有一支久经沙场的部队——尽管它耗资巨大——就可以对邻国发号施令或者至少在邻国中保持威望。西班牙就是一个很好的例子。它在欧洲各地驻有军队，这个传统已延续了近一百二十年之久了。

成为海上霸主是一个帝国的象征。西塞罗在写给阿提库斯的信中谈到庞贝对付恺撒的计划。他认为庞贝的计划显然是特米斯托克利当年采用的策略，即谁控制了海洋谁就控制了一切。毫无疑问，如果庞贝没有因为过分自信而离开自己的势力范围，就一定能把恺撒击垮。我们都知道海洋战争影响巨大。亚克兴海战决定了称霸世界之国。勒班陀海战挫伤了土耳其的强盛。海战决定战争胜负的例子不可胜数。当然这种现象发生的前提是君主把国家安宁寄托于海战胜利。但可以肯定的是，拥有了制海权就拥有了战争主动权，战多战少可以自己决定。然而，拥有强大陆军的国家往往会陷入进退维谷的境地。不可否认，欧洲有着巨大的海上优势，这也是大不列颠王国得天独厚的条件之一。因为大部分欧洲国家都是临海国家。此外，东西印度的财富大部分也成了海上霸主的附属品。

与古代战争反映出的人性的伟大光辉相比，现代战争似乎都显得黯然失色了。为了推崇军事,现在一些国家会授予骑士头衔和勋章。不过授予的对象比较混乱,有时对象都不一定是军人。标牌上会刻上一些铭文,国家还会建立一些伤兵医院等等。在古代,胜利之地上会插着战利品,牺牲的英雄会被赠予颂词并建立纪念碑,战士会佩戴花冠和花环,会挂上历代君王沿用至今的统帅称号,将军班师时会举办凯旋仪式,军队遣散时君王会给予慷慨赏赐。这些举措都激发了全体臣民的士气。最重要的是,罗马的凯旋仪式不是做表面文章,而是展现了史上最具智慧、最高贵的制度。仪式包含三项内容:授予将军荣誉、用战利品充盈国库、奖赏军队。但这种荣誉也许不适合君主制国家,除非接受荣誉的是君主本身或者他的子嗣。罗马帝国的皇帝们就只会为自己和子嗣们取得的胜利举行真正的凯旋仪式,对于臣民取得的胜利,就只会赠予将军一些胜袍和徽章。

总之,就如《圣经》所说,人不会因为天天想着长高就能长高了。但对国家版图而言,君主或政体的力量可以使国家领土更加辽阔、国力更加昌盛。如果他们能在国内实行上文中提到的法令、宪章和惯例,则能为后人治理国家铺下强盛的根基。然而,人们常常忽略这些法令、宪章、惯例,那就只好一切顺其自然了。

谈 养 生

养生之道不是医学规律能详尽概述的。一个人通过对自己身体状况的观察，总结出对身体有害和有益的行为，这才是最好的养生之道。但是，与其得出"我觉得这并没有什么坏处，所以我要尝试"这种结论，倒不如"这不适合我，所以我不再尝试"的说法更加保险。因为如果你青年时期的行为在很多方面超出了身体的极限，到老的时候便会为此付出代价。在未来的日子里要明白，不要还想和年轻时做着同样的事情，因为岁月不饶人。在主食上不要做突兀的改变。如果确实需要改变，副食搭配也要随之做出调整。改变多个方面比改变单个方面更合理，这也是自然界运作和国家治理的秘诀。

反省你在饮食、睡眠、锻炼和穿衣等方面的习惯，试着慢慢改掉其中你认为有损健康的习惯。但是，如果你在改变时确实感觉到不舒服，就应该保持原来的习惯。大家普遍认为有益健康的习惯不一定适合每个特定个体的身体状况,所以要根据自身特点来形成良好的习惯。饮食、睡眠和锻炼时保持放松、愉悦的心情是长寿的秘诀。至于情感方面的调整,则要避免嫉妒和焦虑,避免压抑愤怒,避免钻牛角尖,避免过度兴奋,还要及时纾解心中的郁结。心中常怀希望,保持平淡的喜悦,变换情趣但不沉迷其中,培养好奇、仰慕和创新之心。坚持学习,以历史、寓言和自然界的冥思这类灿烂、辉煌的事物来丰富自己的思想。

如果你健康时从不使用药物,当你生病吃药时,你的身体便会做出不一样的反应。如果你经常使用药物,当你生病时,药物的效果则微乎其微。与药物的经常使用相比,我更推荐按时令调整饮食,除非使用药物已经成为了习惯。因为饮食更能调节身体,而且对身体的损害较小。不要忽视身体出现的任何异常,一旦出现应及时询问医生。生病时,应注重调养;健康时,应注重运动。因为健康时经常锻炼的人,生病时病情大多并不十分严重,通过饮食调节和悉心照料就能够恢复。塞尔苏斯①认为,长寿之道的秘诀之一就是人要把相反的习惯试着练习练习,但要倾向于有益的习惯,如禁食和饱食应偏重饱食,熬夜和睡眠应偏向睡眠,休息和锻炼应倾向锻炼。这是健康和长寿的要领之一。如此一来,身体的本性既得到了释放,又得到了合理的调养。这是塞尔苏斯作为一名医生的建议,更是作为一位智者的忠告。

一些医生过于容忍病人的情绪,以致不能制定出针对病情的有效治疗方案;另外一些医生则过于死板,专注病理,却不能充分考虑病人的感受。选择医生时,应该选性情适中的人。如果找不到这样的人,可以从两类人中寻找平衡。另外,切记:你请的医生既要熟悉你的身体状况,也要有极高的专业声望。

①塞尔苏斯:公元1世纪古罗马医学家。他编纂了百科全书,留传下来的《医学篇》被认为是优秀的医学典籍。

谈 猜 疑

　　思绪中的猜疑就像飞鸟中的蝙蝠，总是在黄昏中飞舞。确实，我们应该抑制猜疑，或者至少不能任其发展，因为它会蒙蔽思想，离间朋友，干扰事情的正常运转。猜疑使君主施行暴政，让丈夫心生妒忌，令智者优柔寡断、郁郁寡欢。猜疑不是心病，而是脑疾，即使身体再强健的人也会猜疑。英王亨利七世就是一个例子，没有人比他更多疑，也没有人比他更强健。而正因为他兼备这两种特质，所以猜疑对其危害不大。通常这类人并不会盲目信从疑虑，而是会先仔细考察一番。但对于怯懦的人来说，猜疑很快就能在心里落地生根。

　　浅薄无知最易让人心怀猜疑。因此，只有知识广博了才能避免猜疑。不要将猜疑一直滞留在心里。人们是怎么想的呢？难道他们认为自己聘用的、交往的人都是圣人？难道他们认为这些人会不谋私利、舍己为人？所以要消除猜疑只有把猜疑当真，做好最坏的打算，除此之外没有更好的方法。只要你为猜疑做好准备了,那么即使猜疑成了现实也不会带来伤害。自己心生的猜疑不过是蚊蝇的嗡嗡声,而他人有意植入你头脑中的猜疑却是一根毒刺。毫无疑问,消除猜疑的最佳途径就是和猜疑对象进行沟通。这样可以更加了解对方,而且还能使对方行事更为慎重,以免再使他人生疑。但这对卑劣小人来说毫无意义。因为这些人一旦发现自己被怀疑了,可能会制造出更大的骗局来。意大利人说:"猜疑发给忠心一张护照。"好像猜疑真的给了忠心护照允许其离去似的。其实猜疑应当愈加燃起忠心的火焰,摆脱自身嫌疑。

谈 辞 令

　　有些人总想以能言善辩获得聪颖的美名，而未想以能辨别是非赢得赞扬，似乎值得称赞的是口才而不是思想。有些人总是有一些不变的套话，这种贫乏的套话是最枯燥的，一旦被人发觉，就会沦为笑柄。

　　谈话中最可贵的就是你能够引起一个话题，并且能掌控局面，再适时转移话题，这样就可以主导局面。谈话过程中最好能够变换谈话的方式，加入议论、推理、质疑，时而庄严时而诙谐。一成不变的内容会使谈话很枯燥。

　　关于诙谐，有些话题是需要避免的，比如宗教、国事、伟人、隐私和慈善事业。但有人认为只有说话一针见血才能显示他们的机智，这应当加以制止。要少用鞭子而紧拉缰绳。①

－－－－－－－－－－

　　①语出奥维德的《变形记》。

一般来说，人们应当找到苦与咸的不同点。当然，热衷于嘲讽的人总想使别人畏惧他的智慧，同时也会害怕对方过人的记忆力。

问得多的人学得也多，所以也会得到他人的欢心。尤其当他所询问的是别人的专长，那么他就更能得到别人的欢心，因为他给了对方愉快交谈的机会，并且他自己也能学到知识。但是太棘手的问题就另当别论了。谈话时要确保轮流讲话的机会，如果有人一直滔滔不绝，要想办法把话题扯开，给其他人讲话的机会。就像对于那些长时间跳"欢乐舞"的人，乐师们也会换个曲子让他们停下来一样。

人们认为你懂的事，你有时装不懂。那么以后你真的遇到不懂的事，别人也会认为你懂。

谈话时，尽量少谈论自己，必要时出言要谨慎。我认识一个总是说话带刺的人，当他谈及他所看不起的人时，常说："他总是想通过自我赞美来显示自己的聪明。"一个人赞美自己而不显愚蠢的唯一时候就是赞扬他人品德的时候，尤其是在他认为自己也具备类似品格的情况下。谈论别人的时候应该谨慎择言，因为同样的话语并不适用于所有人。我认识英格兰西部的两个贵族，其中一个贵族对他人总是嗤之以鼻，但喜欢在家里设宴招待来宾；另一个贵族会问那些被招待的客人："老实说，他有没有对你嗤之以鼻？"客人会说有。这位贵族会说："我早就料到他会毁了一桌美食。"

慎言胜于雄辩，投机之谈比思路清晰的对话更重要。流畅的话语中若少了精彩的对答会显得枯燥；机智的回应里若少了胸有成竹的讲演，则显得苍白而浅薄。正如我们在动物身上看到的，那些在直道上跑得慢的在弯道上却跑得最快，就像猎狗与野兔之间的差别。切入主题前引用太多无关痛痒的话会令人厌烦，但是一句也不用则显得太过突兀。

谈殖民地

　　殖民地是历史留下的伟大业绩之一。当这个"世界"年轻时,它孕育了很多孩子;但现在,它老了,没有能力再自然生养更多的后代;因此,开拓新的殖民地使之成为家庭的新成员就十分合乎情理了。殖民地最好建在未开垦的土地上,避免为了殖民而将原有居民根除。否则,就不是殖民而是屠民了。建立殖民地就像栽培林木,至少20年后才会得到收益。大部分殖民地的毁灭都是由于急于求成。当然,短期获利并不是没有可能,但是不能过分追求而违背了殖民地良性发展的规律。

　　由社会败类和罪犯歹徒来充当殖民地的居民是件可耻而晦气的事。不仅如此,它还会给殖民地带来灾难,因为这种人永远都过着游手好闲的生活,好吃懒做、作恶多端、白耗食物,并且很快就会心生厌倦,然后开始惹是生非,写信回国败坏殖民地的声誉。殖民地的居民应该是园丁、农民、工人、铁匠、木匠、渔夫、猎手,以及少量的药剂师、外科医生、厨师和面包师。

在殖民地区,首先要看看这块土地能产出什么可以收益的食物,比如栗子、胡桃、菠萝、橄榄、枣子、李子、樱桃、野蜂蜜之类的,然后对它们加以利用。其次考虑哪种食物生长快,在一年内就能有收成,比如欧洲萝卜、胡萝卜、芜菁、洋葱、小萝卜、洋姜和玉米。至于小麦、大麦、燕麦,它们需要耗费过多的劳动力,暂不考虑,但可以先着手种植耗工较少的豆类,如豌豆,因为它们既可作为主食也可当作副食。水稻同样是一种高产量的农作物,而且也是一种副食。不过,最重要的是,在当地能够制作出面包之前,应该带些饼干、燕麦片、面粉、玉米粉等食物。至于畜类和鸟类,主要携带最不易受疾病影响并且繁殖最快的,比如猪、山羊、公鸡、母鸡、火鸡、鹅、家鸽等。殖民地的食品消耗应该与周围城镇的情况大体相当,即按一定标准定量分配。应把大部分菜园和玉米地用作公共土地,将其产出进行储藏,然后按比例分配。此外,还有些零碎土地,可由私人种植。

同样还要考虑适合殖民地的土壤生长的经济作物,这样可以在一定程度上减轻殖民地的经济负担。但前提是不要过早地损害主要的生产业务。弗吉尼亚的烟草就是这样的例子。[①] 殖民地通常有着丰富的森林资源,因此木材是很合适的经济产品。如果森林深处有铁矿石和河流,那么建立一个炼铁厂也是一个提升经济实力的好想法。如果天气合适,还可以晒盐。任何纤维作物都有着可观的经济价值。种植松树和杉树的地方,沥青和焦油资源也会相当丰富。药材和香木也能带来很大的利润。同样地,还可以制造草木灰和其他东西。但不要进行太多的地下开采,因

---

① 培根在此处指英国在殖民地——弗吉尼亚,只准移民种植、加工烟草。于是烟草逐渐成为弗吉尼亚殖民地的主业。但烟草后期的发展却限制了整个种植业的发展。因为种烟草的土地越来越贫瘠,农民纷纷开始弃种。培根生活的时期,弗吉尼亚仍没有出现一座繁荣的城镇。

为发现矿藏的希望是渺茫的,还会导致殖民者懒于从事其他劳作。

说到殖民地的管理,应由一人掌控,若干顾问辅之。政府在一定限制下实行军事法律。最重要的是,要让殖民地的人民体验到身居荒野的好处,时刻感受到上帝与他们同在,政府保护着他们的权益。殖民地的管理不可过多地依赖母国的顾问和承包人,这些人的数量要适当,而且最好是由贵族和绅士管理,而不是商人,因为商人通常只注重眼前的利益。殖民地要想变得强大,就要从关税中解放出来。除特殊的安全原因,应允许殖民地将产品出口到任何可以获利的地方。不要急着将一批批的民众输送到殖民地,而应根据人员消耗情况按比例进行补充。因此,殖民地的民众人数要保证他们能够安居乐业,不至于因为过多的人口而拖垮经济。在沿海沿河的沼泽地带建立移民区,对移民的健康发展有很大的危害。因此,尽管把房子建在河边可以带来运输的便利,但长远地看,最好把移民区建造在离河稍远的高地上。同样地,殖民地居民为了健康,需要存储大量的盐,以便在必要时腌制食品。

如果在有土著的地区殖民,不要仅仅用微不足道的小玩意儿去逗他们开心,而要公正友好地对待他们,同时也不能掉以轻心。不要试图通过帮助他们侵犯其敌人来赢得他们的喜欢。但他们受到攻击时,要保护他们。还要把他们送到殖民地的母国去见识一下外界优越的生活环境,以便他们回去后加以宣传。

当殖民地发展起来时,就可接纳妇女了。这样,殖民地的人口就可以不断增长,而不需要再通过外界补充。殖民地发展起来后再将其抛弃,是一件伤天害理的事情。这样不仅会败坏母国的名誉,而且还会欠下那些可怜的移民的血债。

谈 财 富

将财富称为品德的包袱真是再合适不过了。拉丁文中的"impedi-menta"①一词的结构和词义更为巧妙。财富对于品德正如辎重对于军队。辎重不可或缺也不可丢弃,但是它会阻碍行军。有时,为了保护辎重,还会导致与胜利失之交臂,扰乱胜局。

巨额财富没有实际的用处,除了用来行善,剩下的就只能自欺欺人了。因此所罗门说:"有多少财富,就有多少消费者,财主得到的也就只有一饱眼福罢了。"人在财富到达一定程度后,并不能完全享受财富了。他可以保管财富,施舍财富,名扬天下。但对财主而言,没有实在的用处。你没看到小石子和小玩意儿的漫天要价? 你没看到为了使财富发挥用途而着手的面子工程? 但是你会说它们有用,它们能让人脱离危险或困难。

---

①impedimenta 意为辎重、障碍以及包袱。

正如所罗门所说:"在富人的想象中,财富是坚强的后盾。"但是正如这句话所表达的那样,它仅仅是在想象之中,并不是事实。因为毫无疑问,财富招来灾祸的时候多于消灾的时候。

不要去追寻耀眼的财富,而要追求能将财富取之有道,用之得当,乐于施舍,安然留于后人。但是也不要像修道士那样藐视财富。西塞罗对拉比里厄斯·波斯托马斯的评价非常精辟:"他孜孜生财,显然目的不是满足贪欲,而是在寻求一种行善的资本。"再听听所罗门的话,"不要急于收钱,急于发财的不免要受到惩罚。"

诗人编道,财富之神普路托思受主神朱庇特差遣时,颠簸着走得很慢,但是受冥王普鲁托差遣时却健步如飞。这意味着通过正当的手段致富,道路缓慢;但是通过别人的死亡而得到财产却会让人一夜暴富,比如继承遗产。如果把冥王普鲁托当作魔鬼的话,这同样适用。因为如果财富来源于魔鬼,通过蒙骗欺压等不正当手段,就来得很快。

致富的方式有很多,但大部分都是邪门歪道。吝啬是最好的方式之一,但也不是清白无瑕,因为它会阻碍人们的慷慨与慈善。土地升值是最自然的致富方式,因为它是我们伟大的地球母亲赐予我们的财富,但其致富速度是极慢的。不过,如果拥有很多财富的人肯从事畜牧业,致富的速度就会翻倍。我认识一个英国贵族,是英国最有钱的人,拥有大片的麦田、林场、牧场和羊群,还有着巨大的煤矿、铅矿、铁矿,还经营许多诸如此类的产业。所以土地对他来说就像一片财源滚滚的海洋。

有人说发小财难,发大财容易,这句话是很对的。因为当一个人的资产达到预期的市场顶端,他就能拥有足够的资金来进行买卖的周转,还可以进入以年轻人为主要消费者的行业。这样的人只有发大财了。做普通的买卖、从事一般的职业挣的都是老实钱。挣钱手段主要有两点:一靠勤劳，二靠好名声。不过做生意的盈利之道本身就存在问题，如乘人之危钻空子；利用仆人和其他手段诱人上钩，导致他们破产；耍手段排挤更公道的商人以及诸如此类的狡猾伎俩。

至于还价买廉价物品，有人不是为了拥有而是为了转卖，由此在买主和商家间获得双重利润。同伴选择得当，合伙经营可以赚大钱。高利贷是最保险的赚钱门路，尽管也是最糟糕的方式之一，因为这相当于坐享别人不眠不休、辛勤换来的劳动果实，而且在安息日也盈利。放高利贷虽然保险，但是也有弊端，因为放债人和经营者会为了自身的利益，而把钱借给不靠谱的人。

如果有幸成为第一个搞发明的人，有时会发大财。加那利群岛的第一个糖业老板就是这样起家的。因此，如果一个人能成为真正的逻辑学家，有很好的判断能力，又会发明，那么在时机合适时，他必成大事。只靠固定收入很难发财。孤注一掷、喜欢冒险的人常常会因破产而落魄。因此，最好有固定的收入来承受冒险带来的损失。垄断和囤积如果不受限制，是发财致富的好方法，尤其是当他知道什么会供不应求而提前备货时会有更好的效果。通过服务而得到的财富是问心无愧的，但是通过奉承、卑躬屈膝或其他卑鄙手段得到的财富就没那么光彩。

至于从遗嘱和遗嘱执行权中渔利的行为则更加卑鄙。正如塔西佗对塞内加的评价："遗嘱和无子嗣的人都被他像用猎网一样逮住。"在这种情况下，委托的人比他们在服务中遇到的人更卑劣。不要太相信那些似乎藐视财富的人，他们之所以这样，是因为他们对财富感到无望；当他们富有时，他们跟普通人没什么两样。不要省小钱，钱有翅膀，有时候他们会自己飞走，有时候必须让他们飞走从而带来更多的钱。

人们会把钱财给家人或者给公众，但不论给谁，数量都该适度。留给后人的一大笔财产,如果他在几年里没有进行很好的经营,就会像一个食物一样,吸引周围的猛禽。同样满是荣耀的财产馈赠就像是无盐的祭祀品①,就像是用装饰物装饰过的坟墓②,里面很快就会腐烂。因此,不要以数量来衡量捐赠,而是应该用之有度;也不要死后捐赠,因为如果好好掂量的话,就会发现,这样做等于是以继承人的名义捐赠而非自己的名义。

---

①语出《圣经·旧约·利未记》,其中记载:"献祭给上帝的一切祭品都要加盐。"
②语出《圣经·新约·马太福音》,其中记载:"你们这些伪善的文人和法利赛人将要大祸临头了,你们就像文饰过多的坟墓,外表华丽,里面却装满死人的骸骨和污秽。"

谈 预 言

　　我这里所指的不是神的预言,不是未开化的神谕,也不是自然的预测,而仅仅是有一定的确切证据却理由隐蔽的预言。女巫对扫罗说:"明日你和你众子必与我在一处了。"维吉尔曾经借用荷马的诗句:"在那里的埃涅阿斯一族,他儿子的儿子,子子孙孙,将会把全世界统治。"这似乎是一个罗马帝国的预言。悲剧作家塞内加写过这样一些诗句:"在遥远的未来的年代,海洋将松开对世界的束缚,一片辽阔的大陆将会出现,航海家将会发现新的世界,图勒也不再是地球的极限。"①

　　这是一个关于发现美洲的预言。波利克拉特斯②的女儿梦见朱庇特给她父亲洗澡,阿波罗给他涂油,后来她父亲果然被大雨浇淋,被太阳晒

---

　　①见悲剧《美狄亚》。图勒指冰岛、格陵兰岛。
　　②波利克拉特斯:希腊萨摩岛的君主。他带领强大的舰队占领了许多小岛,并取得很大的商业利益。他女儿做过不祥的梦,恳求他不要去访问奥里特斯,他不听,结果被钉在十字架上。

得浑身流汗。马其顿王腓力梦见他把妻子的肚子封了起来，他解释说他的妻子不会生育，但预言家阿里斯坦德告诉他，他妻子已经有孕在身，因为人们不会无缘无故地给一个空的容器贴上封条。一个鬼影出现在布鲁图的帐篷里，对他说道："你会在菲利皮又见到我。"①提比略对加尔巴说："加尔巴，你会尝到帝国的滋味。"②在维斯帕芗时期，东方有一则预言，说从犹迪亚来的人将会统治世界，这可以认为是在说我们的救世主，但塔西佗解释说它指的是维斯帕芗。图密③在遇刺的前夜梦到他的背上长了一个金色的头。的确，他的继承者创造了持续多年的黄金时代。当英国亨利七世还是孩子的时候，亨利六世给他端水时说："这就是将来我们该为之效劳的王位继承人。"我在法国的时候，听到一个名叫佩纳的医生说太后信仰奇术，把她丈夫的生辰冠以假名交给算命人。算命人说这个人将死于一场决斗。王后大笑，她认为没有人敢向她丈夫提出挑战和决斗，但是后来她的丈夫的确是因为在马上对枪比武而死去的，蒙哥马利枪柄上的裂片刺进了他的面罩。在我的小时候，恰逢伊丽莎白女王风华正茂之时，我听到这样一个众所周知的预言："荨麻纺成了线，英格兰就完蛋。"名字的首字母顺序组成 hempe 的君王们（即 Henry，Edward，Mary，Philip 和 Elizabeth）统治结束，英格兰就要大乱。但是谢天谢地，英格兰仅仅只改变了国号，从英格兰变成了不列颠。1588 年以前还有另一个预言我却不是很明白，说有一天巴礁和梅岛之间会出现挪威的黑色舰队。然后，英国会开始建造石灰石头房子，因为此后将不会再有战争。一般都认为这

---

①布鲁图杀死了恺撒。公元前 42 年，他在菲利皮被安东尼和屋大维打败，自杀而死。在他死之前，有人预言过。

②塔西佗在他的《编年史》中提到这一句话。当时加尔巴还只是一个普通的士兵，却在公元 68 年当上了罗马第九个皇帝，但只当了短短的 6 个月，就被人刺死。

③图密：古罗马的皇帝，性情非常专横残暴，后被他的妻子和大臣刺死在自己的卧房里。

人的本性不长芳草，就生野草，因此一定要适时浇灌芳草，锄掉荒草。

美德犹如宝石，最好用朴素的背景来衬托。

指的是 1588 年出现的西班牙舰队,因为据说西班牙国王姓挪威。君山先生①的预言:"八八年,一个奇迹年。"他认为同样是指那支巨舰,尽管不是海上数目最大的却是力量最强大的。至于克里昂的梦,我认为那是个玩笑。他梦见自己被一条龙吞噬,有人将这条龙解释为一个制作腊肠的师傅,此人曾经给克里昂制造了很多麻烦。此类例子还有很多,尤其是当你将梦和占星学的预言都包括在内的话。但是我只记下了几个可信的预言作为例子。

我的判断是它们都无足轻重,应该是冬天壁炉边聊天的话题。我说它无足轻重,只是就其可信度而言,但在其传播与出版方面却是不可轻视的。因为它们引发了太多的祸害,我也看到有许多控制它们的法律条款。

这些预言之所以让人喜欢并信服,主要有三点因素:第一,人总是关注他们遇到的,从不谈论他们错过的,似乎梦的情况也是这样的。第二,可能的推测或含糊不清的情况常常会变成预言,而人们天生喜欢预测未来,所以认为把他们猜测的事预先讲出来,并没有危险。正如塞内加写的诗那样。因为当时有很多情况显示,在大西洋那边地球还有一大片的地域,人们认为那可能不全是海洋。另外,柏拉图的《蒂迈欧篇》和《亚特兰蒂斯篇》使得人们把它变成了预言。第三,最后一点也是最重要的一点,在这不计其数的预言之中,大部分都是骗人的,是无聊狡猾的人在事后杜撰出来的。

---

①君山先生:指的是德国的天文学家约翰·缪勒。因他的拉丁笔名是他的出生地君山衍变而来的,所以称为君山先生。

谈 野 心

　　野心就像胆汁,若不受阻,就是一种能够使人积极、热情、敏捷并且振奋的体液,但是一旦受阻,流动不畅,就会使人阴沉恶毒。① 因此,有野心的人,如果他们觉得升迁有路,并且一帆风顺的话,就会忙忙碌碌而无心为害;但是一旦欲望受阻,他们就会暗自不满,恶意地看待人和事,看到别人失败就幸灾乐祸。无论是君主之臣还是国家公仆,野心都是一种最恶劣的品质。所以,如果君主要任用有野心的人,就得让他们一直升官,而不遭贬官,可是这也会引起不便,所以最好不要任用这类人。因为这种人若不能随着他们的政务升官,就会想方设法破坏政务。但是我们之前说最好不要任用这类有野心的人,这说明也会有需要用他们的时候,所以,

---

　　①在西方,古代的医学家们认为人体体液有四种类型,分别为血、黏液、黄胆汁及黑胆汁,而这四种体液在体内的多少决定了一个人的气质——多血质、黏液质、胆汁质、抑郁质,气质也会在一定条件下随着体液的变化而发生变化。

有必要说清在什么情况下可以任用他们。

在战争中必须选用优秀的指挥官,不管他们如何有野心,他们的功劳是可以抵偿其他一切的,任用一个毫无野心的士兵无异于使用一匹没有受到鞭策的战马。君主在面临危险与嫉妒时,可以任用有野心的人来保护自己。因为除了这种像缝住眼睛的鸽子,看不见周围只顾往前冲的人,没有谁会去冲锋陷阵。还可以任用有野心的人来打击任何拥权自重的大臣,就像提比略用马克罗除掉塞雅努斯一样。①

既然在这些情况下必须任用有野心的人,那就需要谈谈如何控制这种人,以便减小他们可能带来的危险。出身低微的人比出生高贵的人危险性更小,天性严厉的人比宽厚随和的人危险性更小,新被提升的人比狡猾精明的人危险性更小。有人认为君主有宠臣是一种缺点,但是宠臣却是对付野心者最好的人选。宠臣可以左右君主的决定,除他们自己,其他任何人都不可能得势。另一种限制野心家的方法就是让其他和他们一样骄傲的人来制约他们。但此时朝中必须要有一些中间力量以稳固事态。就像一艘船,如果没有压舱物,船就会颠簸得很厉害。至少,君主可以鼓动一些出身低微的人,让他们与野心家作对。至于想要覆灭他们的念头,对生性胆小之徒也许可以奏效,但对于胆大妄为之辈,则有可能使他们更加猖狂,以致制造混乱。如果需要铲除他们,而时下又没有安全可靠的方法,那么唯一的方法就是君主一直赏罚分明,使他们觉得如处森林之中而不知作何图谋。

就野心而言,对大事有野心的人比那些对事事都有野心的人危害性

①提比略常常对塞雅努斯生厌,就命令自己的宠信马克罗逮捕并处决了塞雅努斯,并在此之前赏赐给禁卫军很多金银珠宝。塞雅努斯也曾是提比略的宠臣,长期担任禁卫军统帅,但后期揽权自重,让提比略很惶恐。

小,因为后者会妨碍公务并造成混乱。这种在公务上有野心的人比那种想得到公众信赖的人危害更小。想杰出的人面临的挑战是巨大的,但这类人对社会公众而言倒是有好处的。处心积虑只为高人一等的人却可能造成整个时代的退步。

　　谋求高位的前提有三个:一是尽忠报国的有利条件,二是接近君王要人的门道,三是达到个人财富的积累。通过正道达到这三种前提的人是良臣,而能够甄别谋求高位的意图的君王才是明君。一般来说,君王在选拔官员时应该选择那些责任感更高而非一心想向上爬的人,应该选择用心办事而非贪图名利的人,要将真心为民还是好高骛远的两种动机区分开来。

谈假面具会与演武会

与书中其他严肃的话题相比，假面具会一类的话题只是娱乐罢了。但既然君主习惯用这些东西取乐，那就应该用它来彰显高贵典雅，而不是铺张奢靡。

随乐起舞，既隆重又能娱乐大众。我认为演唱最好的形式是合唱，合唱团站在高处，间或有零碎的音乐伴奏，还有与乐器融为一体的悠扬小调。歌者演唱时伴以动作，尤其在对唱时，有一种极致的优雅。我是说动作，不是舞蹈，因为跳舞俗不可耐。对唱时声音应雄壮有力（低音和高音，不可用最高音），歌词应高雅悲壮，不能妖艳娇媚。几个合唱团，分别相对而站，像唱圣诗一样以多声部轮唱，使人如闻天籁。至于舞者变换队形排出数字或字母来庆祝君王或王室成员的生日，我认为是种幼稚的把戏。总之，应注意我在此提到的表演应自然而然地让人身心愉悦，而不可刻意哗众取宠。毋庸置疑，更换布景应做得悄无声息，因为这能增加美感和乐趣,布景能让人感到赏心悦目,消除眼睛常盯一物而产生的疲劳感。布景应明亮,特别是要多彩而富于变化;舞者下台前应做些动作,因为这能吸引观众的目光,使人怀着极大的兴趣想看清隐隐约约的细微之处。歌声要响亮而欢快,不应轻吟而哀伤。同样地,音乐也应轻快激越,并起止恰当。烛光下显得最漂亮的颜色是白色、粉红色和海绿色。亮色的金箔虽花不了几个钱,但却显得绚丽夺目。至于昂贵的刺绣,在烛光下反而显示不出华贵来。

舞者的服装应优雅,摘下面具后仍显得合身。服装最好不要选择太常见的款式,如土耳其装、军装、水手装等。幕间的"反插"节目不宜过长,题材最好是傻子、羊怪、狒狒、野人、小丑、怪物、精灵、女巫、黑人、小矮人、小土耳其人、山泽女神、乡巴佬、爱神丘比特、活动塑像①,诸如此类。一方面,尽管天使性格温顺,但把他们放在"反插"里却会显得格格不入。另一方面,凡丑陋可恨的东西,如恶魔、巨人等也不合适。主要是要让反插剧中的音乐富于变化,让人耳目一新。若在拥挤闷热的人群中突然飘来几阵香风,没有雨水滴落,会让人感到愉悦惬意。若男女同时登台,可让场面更加隆重多彩。但如果演奏间不保持干净整洁,一切都是徒劳。

至于种种比武游戏,它们的壮观之处主要在于挑战者出场时所乘的战车,尤其是在这些战车由狮子、熊、骆驼等奇兽牵曳的时候。有时也在于他们入场时的排场,或服装的绚丽,或马具和甲胄的精良。但这些小玩意儿我们已说得太多,在此就不再赘述了。

---

①活动塑像:一种滑稽节目,演员原地转圈,听到信号就停下来,摆出各种滑稽别扭的姿势。

谈人的本性

　　人的本性常藏而不露,有时会被压制,但很难被消灭。相反,压力会让本性变本加厉。纪律和教育能使本性变得规矩,然而只有通过习惯才能改变、征服本性。人想要战胜本性,给自己确立的目标不能过于宏大,也不能过于渺小。目标过大,就会因屡战屡败而心灰意冷;目标过小,虽然常常得心应手,但进步甚微。最初练习时可以借助外物,就像学游泳的人借助气囊和苇筏一样;过段时间,就应在更加困难的条件下练习,就像学舞蹈的人故意穿厚底鞋练习一样。如果平时练习的时候比运用还要刻苦,那就能取得巨大进步,达到完美的境界。

　　若本性根深蒂固、不易改变,应按照下列方法循序渐进地完善。首先,应及时克制自己的本性,就像有人动怒时默背 24① 个字母来消气一

---

　　①现代英语中是 26 个字母,但在 1625 年之前,英文中字母 i 和 j、u 和 v 并没有区别开来,所以此处说 24 个字母。

样。长此以往,情绪失控的次数越来越少,就如同戒酒的人从开怀畅饮到每餐小酌,直到最后完全根除。当然如果一个人有足够的毅力和决心,能一鼓作气洗心革面,就再好不过了,毕竟"最能坚持精神自由的人,才能挣断束缚心灵的锁链,一举摆脱它的纠缠"。

老话说得好:"矫正本性就像将棍子扭向相反一端,这样就刚好适中,但我们必须明确,这相反的一端绝不是恶习。"人不能将某种习惯持续地强加在自己身上,应略有间歇。因为这种停顿可以让人有一个新的开始。如果他的做法并不尽善尽美,那么在练习时既能锻炼能力,又能不断修正错误,因而养成将两者兼容的习惯。除了适当间歇,没有其他方法能弥补这种局面。

但人不应盲目自信,认定自己能战胜本性。因为本性潜伏期很长,时机一到或一遇诱惑,就会死灰复燃。就像《伊索寓言》里猫变成的少女娴静地坐在餐桌一边,一见到老鼠出现,她便原形毕露。因此,一个人要么完全避免这种情况,要么经常让自己身处其中,这时就慢慢习以为常,不为所动了。一个人的本性在以下几种情况中最易显露:一,独处时,因为这时不需装模作样;二,激动时,因为一激动就会忘乎所以;三,遇到新情况或新考验时,因为此时习惯不起作用。

本性和职业相符的人是幸运的,反之,那些做着自己不喜欢的事的人会说:"我的心久久地寄人篱下。"学习上,一个人强迫自己学习某件事时,就会规定时间;但做符合自己本性的事时,就不管什么规定的时间了。因为他会魂牵梦绕,心向往之。只要别的事情或学习的时间够用就行。

人的本性若不长芳草,就生野草,因此一定要适时浇灌芳草,锄掉荒草。

谈习惯与教育

　　人们的思想大多取决于自己的愿望,言语大多取决于自己的学识和被灌输的主张,但行为则大多取决于自己的习惯。因此,马基雅维利曾指出(尽管是针对一件丑恶的事),无论本性多么坚强,言语多么动听,若没有习惯的强化,都是不靠谱的。他所说的意思是,为了完成一个重大阴谋,一个人不应该依靠任何人的凶残本性或是果断承诺来实现,而应该选个双手沾染过鲜血的人去完成。尽管马基雅维利不知道有个克莱蒙修士,不知道有个拉瓦雅克,不知道有个若雷吉,也不知道有个巴尔塔萨·赫拉德,①但他的法则仍然适用,即本性或语言上的承诺都不如习惯的力量强大。只是现在迷信如此盛行,以致初犯和职业杀手一样心狠手辣。发誓者的决心在杀人的事情上竟和习惯一样势均力敌。

------

　　①克莱蒙修士刺杀法国国王亨利三世,拉瓦雅克刺杀法国国王亨利四世,若雷吉刺伤威廉,赫拉德再次刺杀了威廉。培根在此处指他们杀人已成为习惯。

在其他事情上，习惯的主导性也随处可见，由此你会惊讶地听到人们宣誓、反抗、允诺、夸下海口，然后又一如既往地行事，仿佛他们只是行尸走肉，只是被习惯的车轮推动而已。我们也能看到习惯的统治或独裁究竟是什么情况。印度人（我指的是印度的一派哲人）静静地躺在木堆上，引火自焚。不仅如此，他们的妻子还争着要和丈夫共葬火海。古代的斯巴达青年经常在狄安娜祭坛前接受鞭笞，毫不退缩。我记得在伊丽莎白女王时代的初期，一个爱尔兰叛变者被判死刑，他向总督请愿，对他施以绞刑时不用绞索，用荆条，因为对之前的叛变者用的就是荆条。俄罗斯的僧人为了忏悔，会在水中坐一晚上，直到身上结了一层厚厚的冰。习惯对于身心影响的例子不胜枚举。既然习惯是人生的主宰，人们就应该竭力养成好习惯。

毫无疑问，年轻时养成的习惯是最理想的，我们把这称为教育。教育，实际是一种早期养成的习惯。所以，我们发现，幼年时期学语言，舌头更适应各种表达和发音，学习各种技巧动作时更灵活。确实，学习晚的人不能很好地投入其中，除非有些人思想还未僵化，仍然思维开阔，愿意不断进步，但这种情况很少见。如果说一个单独的力量已经相当强大，那么几个习惯结合在一起的力量更是强大得多了。因为有榜样教导，有同伴扶持，竞争激烈，荣耀激发，在这些地方，习惯的力量就达到了巅峰状态。当然人性中美德的积累有赖于一个法制健全、纪律严明的社会。国家和良好的政府能滋养美德，然而不太可能改良行为。然而可悲的是，最有效的手段正被用来追求最不恰当的目的。

谈 幸 运

不可否认，幸运取决于一些外在的偶然因素——偏爱、机会、他人的死亡或者机会和品德的结合。但是，一个人的幸运主要还是掌握在自己手里。诗人说："人人都是自己幸运的设计师。"最常见的外部原因是，一个人的愚蠢反而促成了另一个人的幸运。因为不借助他人的错误，没有人能突然成功。拉丁谚语说："蛇吃蛇，能成龙。"

显而易见的美德能给人带来赞扬，但给人带来幸运的往往是那些深藏不露的美德，或是某种特别的表达自我的方式，西班牙人称之为"dis-emboltura"①，这个词略能表达这个意思。当一个人的本性中没有成长的障碍，个人也不倔强时，他的思想才能与命运步入相同的轨迹。因此，李维用这样的词来描述加图："这个人的体魄如此健壮，心智如此健全，因此

---

① 翻译为随机应变。

无论他生在何等家庭都能使自己交好运。"还应注意到他多才多艺。因此，一个人目光敏锐、观察仔细的话就能看见幸运。虽然幸运是盲目的，但也不是难以看见的。

幸运之路就像天空中的银河系，它是由无数颗小星星汇聚而成。这些星星散开时毫不起眼，但汇聚在一起就能散发出耀眼的光芒。同样，许多微不足道的美德，或是类似的能力和习惯都会给人带来幸运。意大利人注意到了这点，但却很少有人深入思考。当他们说起一个做事从不出错的人，会在谈起他的其他情况时，加上一句"这个人有几分傻气"。毫无疑问，最幸运的品质是有点傻但又不是老实得过了头。因为极端爱国和极端爱主的人，永远不会幸运，也不可能幸运。当一个人全然不顾自己，他就不会走自己的路了。轻易到手的幸运造就了冒险家和鲁莽者（法语叫"entreprenant"或"remuant"，更好听一点），但努力得来的幸运造就的是人才。幸运之神应受到尊敬，至少是因为她的女儿——"自信"和"声誉"。它们二者都是幸运所生，前者生于人的内心，后者生于敬佩者的心中。

聪明人为了减少人们对其优点的嫉妒，就把这些优点归因于天命和幸运。这样一来，他们就能心安理得地拥有这些优点。而且，一个人有神灵庇护才显示其伟大。所以恺撒在暴风雨中对舵手说："你载的是恺撒和他的幸运。"苏拉选用了菲莉克斯（意为幸运）而不是麦格娜斯（意为伟大）。值得注意的是，那些公然把太多成就归功于自己聪明才智的人，常常以不幸收场。据记载，雅典人提莫修斯在国情咨文报告中，屡次插入这样的话："此事无关幸运。"自此之后，他再也没有取得什么成就。

当然有些人的幸运就像荷马的诗篇，流畅自然，其他诗人无法望其项背。普鲁塔克在谈到关于阿格西劳斯或伊巴密浓达的幸运时，提到提莫乐翁的幸运，说道："之所以这样，无疑主要在于个人。"

谈高利贷

很多人巧妙地抨击放高利贷一事。他们说,可悲呀,魔鬼竟霸占了上帝应得的那十分之一的份额。有人说,放高利贷者是安息日最大的破坏者,因为他们的犁头每周日都不休息。还有人说,放高利贷者就是维吉尔口中的雄蜂。"他们把那些雄蜂——那群懒虫,从蜂房中赶出去。"放高利贷的人破坏了人类被赶出伊甸园后的第一条戒规,即"你将汗流满面然后得食",而他们却是"借他人脸上的汗就能得食"。有人说,放高利贷者应该戴上姜黄色的帽子,因为他们仿佛变成了犹太人。还有人说,用钱生钱是违背天理的,等等。我只想说,高利贷是"因为人的心肠太硬,上帝才允许他们做这样的事情"。因为借贷不可避免,人们心肠又硬,不会白白借贷,那就必须准许放高利贷。另外有些人,曾经对银行和财产呈报及其他手段提出多疑且巧妙的建议,但很少对放高利贷说过什么有用的话。最好把放高利贷的利弊都列举在我们面前,好让我们趋利避害,避免误入歧途。

放高利贷的弊端是:第一,减少商人数目,如果没有放高利贷这种坐收渔利的生意,钱是不会自己存起来的。相反,大部分的钱被用来做贸易。贸易是国家财富的"门静脉"。第二,放高利贷败坏商人品质。如果农场主的租价很高,他就不会辛勤耕种。同样地,如果商人能放高利贷,就不会用心经营买卖。第三个弊端是前两个弊端的必然结果,即君主或国家的税收减少,税收的增减与贸易繁荣与否成正比。第四,放高利贷把一国的财富积聚在少数人手中。放高利贷者能妥妥地收利,而借债人却不能保证借来的钱能本利双收,最终,大部分的钱还是都进了少数放高利贷人的口袋。国家的繁荣出现在财富分配较平均的时候。第五,放高利贷压低土地价格。钱主要用于做生意或购置房产,而放高利贷会使这两种事业都受阻。第六,放高利贷阻碍一切工业发展、社会改良和新发明。没有放高利贷阻挠的话,钱自然会在上述几个方面流通。最后,放高利贷会使很多人遭受财产损失,日积月累,就会造成全民贫困。

放高利贷的好处是:第一,虽然放高利贷在某些方面阻碍商业运行,但在其他方面又能促进商业发展。毫无疑问,大部分的商业都掌握在年轻商人手中,他们靠有息借债来经商。如果放高利贷者把钱收回或不放出去,马上就会造成商业停滞不前。第二,要是没有这种容易用利息借债的方法,人们会在窘迫中遭到重创,而不得不低价卖掉他们的资产(无论是田产还是货物)。因此,放高利贷固然盘剥了这些人,但是如果没有高利贷,糟糕的市场会将这些人整个吞噬。至于抵押或典当,当然也是于事无补。人们不可能收受没用的典当,如果真的这么做,他们也是着眼于没收那些财产。我记得,乡下有个残忍的富商,他曾说过:"放高利贷这种行为真是可恶,让我们无法没收抵押的财产和债券。"第三,也是最后一点,指望不带利息的借贷,真是痴心妄想。但如果限制借贷的话,后果也将不堪设想。因此,废止放高利贷这种说法纯属天方夜谭。任何国家都有这种借贷,只不过方式和利率不同。所以这种观点并不现实。

现在我们谈谈如果改革、管理放高利贷现象,怎样才能做到趋利避害。权衡利弊,有两件事应加以调和。第一是放高利贷者的牙齿应该磨得钝一点,不致过分咬伤人们。第二是应当留些渠道鼓励有钱人放高利贷给商人,从而推动商业的持续快速发展。这时除非引进两种不同的放高利贷业务,利率一高一低,否则不可能成事。因为假如把放高利贷利率降到很低,会让普通借债者感到宽慰,但商人就很难借到钱了。有一点应该注意,经商往往获利最多,所以能承受得起高利贷,其他行业可能不行。

要达到上述目的,可以试试下面的方法。设定两种利率:一种是面向公众的自由公开的普通利率,另一种是为特定人群在特定商业领域设定的特殊利率。所以,第一,要把普通贷款的利率下降到百分之五,并宣布这种利率是自由流通的。国家应保证不对这种利率进行惩罚。这个方法可以保护正常放高利贷,并给国内无数借款人带来便利。总体而言,这会提高土地价格,因为以 16 年租金的价格买来的土地能产生百分之六甚至更高的利息,而贷款利息只有百分之五。同样,这种方法会促进工业发展,因为相比百分之五的利息,很多人宁愿选择投资,特别是那些习惯了高利率的人。第二,应允许一些人以较高利率借钱给知名商人,不过这一特许的实施应注意以下几点:即便借款人是商人,这种借款的利息也应该比他们从前所付的稍微低点,从而使所有借款人,不管是不是商人,均因这一改革而稍微减轻负担。放高利贷不能是银行或者公共资金的保管者,而是自己货币的主人,这并非我不喜欢银行,而是因为银行一些令人生疑的行为让公众难以信任。第三,国家应对特殊债款收取少量税款,其余利益留给放高利贷者。放高利贷不会因为小额税收而深受打击。比如，那原先百分之十或百分之九的利息的放高利贷者宁愿把利率降至百分之八，也不肯放弃他的贷款事业转投其他风险行业。第四，不限特殊贷款的放高利贷者的数量，不过应限制在几个主要商业城镇内，这样他们就不能换用其他人的钱。也就是说，持有发放特殊债务的人不能以百分之五的普通利息借进，再转手以百分之九的利息借出。因为没人愿意把钱借到远处或根本不认识的人手中。

如果有人反对，认为以前放高利贷不过是在某些地区被允许，而这样一来就是赋予放高利贷以合法性。我的回答是："公开承认放高利贷，比默许其存在并任其肆行好多了。"

谈青年与老年

如果一个人不虚度光阴,年少时就可以做到稳重老成。但这种情况鲜有发生。一般而言,青年人会灵光一闪,没有三思之后的那种成熟。因为思想和年龄一样,都有个幼稚不成熟的阶段。但青年人的创造力比老年人更具活力;他们的想象力更丰富,有如神助。天性热情、欲望强烈且易怒的人在中年之前很难成就大事,就像恺撒和赛维鲁①。关于后者,有人评论:"他年轻时放浪形骸②,甚至疯疯癫癫。"但他几乎是罗马帝王中最能干的一位。一方面,性格稳重的人在青年时能成就一番事业,如奥古

---

①恺撒42岁时才出任高卢总督,51岁时夺得罗马统治大权,52岁时打败自己的宿敌庞贝,最终当上罗马的终身独裁官。赛维鲁是古罗马的皇帝,在公元193年登基,时年已47岁。他执政18年,在位期间功绩赫赫。在晚年多病时仍能亲征,并取得赫赫战功。两个人都是"大器晚成"的典型代表。

②放浪形骸:指行为不受世俗礼法的约束;旷达豪爽,行事不拘一格。

斯都大帝、佛罗伦萨的大公科西莫和勒莫尔公爵加斯东等①。另一方面，老年时仍充满热情和活力对事业极其有利。年轻人更适合搞发明而不适合做判断，更适合执行而不适合决策，更适合开发新项目而不适合沿袭旧事陈规。老年人在有经验的事情上往往轻车熟路，但遇到新事物就束手无策了。

年轻人出错会坏事，但老年人出错顶多会降低效率。年轻人在行动的执行和管理上往往自不量力，好大喜功，急功近利而不考虑方式和程度，偶尔碰到几条规则，就荒唐地推行；革新不深思熟虑，结果导致新的麻烦；起初采用极端的补救措施，结果引起双倍的错误，还不肯承认或收回；就像一只没有经过良好训练的马，停不下来，也不肯回头。

老年人总是有太多的反对意见，遇事商量太久，不肯冒险，后悔太快，做事不彻底，取得一点成功就心满意足。当然最好是将这两种人结合起来，这不仅利于当下，因为两者正好优势互补，而且也有利于将来，因为老年人做事时，年轻人可以学习。在对外的事情上也可如此，因为老年人具有权威，更易受尊重，而青年人更容易受到大众的偏爱和欢迎。

但就道德而言，可能年轻人更突出，而老年人更懂得人情世故。有位犹太教士这样解读以下文本："你们年轻人要见异象，你们老年人要做异梦。"②他说，年轻人比老年人更接近上帝，因为异象比异梦更清晰。当然，世事如酒，越喝越醉。年岁增加的益处是理解力的增加而不是意志和情感方面美德的增加。有些人就年龄而言是早熟的，但随着时间的流逝，他们身上的光芒会逐渐消退。这其中的第一类人有小聪明，但这些小聪

①奥古斯都在33岁时就击败了安东尼，成为当时罗马的掌权者。科西莫18岁就任意大利大公。勒莫尔在年轻时就当上了法国统帅，英名远扬。三人都是"少年得志"。

②见《圣经·新约·使徒行传》的第2章。

明慢慢变得不管用了,如修辞学家赫毛吉尼斯①,他早期的著作非常精妙,但后来的作品就明显退步。第二类人具有某种天生的气质,这种气质适合年轻人,如流畅华丽的言辞,适合年轻人而不适合老年人,就像图利批评霍坦西亚斯②:"过去的他早已不再适合他现在的年龄,可他依然故我。"第三类人一开始的起点太高,以至于后面的年岁难以维持。例如西辟奥·阿弗利坎努斯,李维曾说"他的晚年不及他的早年"③。

---

①赫毛吉尼斯:公元 2 世纪土耳其著名的修辞学家。15 岁成为著名的演讲家,17 岁出版修辞的专著,25 岁时却丧失记忆,成了一个弱智。

②霍坦西亚斯:古罗马时代著名的演讲家,图利·西塞罗的同行和对手。

③此句为李维在《罗马史》第 38 卷 53 章中的话。阿弗利坎努斯 20 岁就参加了"坎尼战争",34 岁时攻占了迦太基,但后期光环就消失了,因遭奴隶主民主派打击,他被迫离开了罗马。

谈 美

　　美德犹如宝石,最好用朴素的背景来衬托;当然,漂亮的人拥有才德最好,但美并不一定非得外表光鲜,只要端庄得体就好。相貌漂亮的人往往很难同时有高尚的品德,造物主太忙,只求无过,不求完美。因此,美男子多外貌美丽,但精神匮乏,他们也往往只关注仪容而非品德。但这句话并不总是对的,因为奥古斯都大帝、维斯帕芗、法国国王腓力四世、英国国王爱德华四世、雅典将军亚希彼得、伊朗国王恩麦尔一世都是心怀天下的人,但同时也是当时的美男子。

　　至于美女,天然美胜于粉饰,得体优雅的举止胜于外在美。最美丽的东西往往是妙笔不能描绘、初见不能相识的。阿沛里斯根据几何比例画人,而杜勒则攫取很多人的美丽之处画出一张脸孔,人们无法比较他俩谁更可笑。这样的画像,笔者认为,除了画家自己没有人会喜欢。依我之见,一个画家要想画出绝美的脸孔,就应该借助某种灵感(就像音乐家在音乐中的灵感），而不是照搬那些生硬的条条框框。大家一定都见过这样的脸孔，将五官分开看，并没有什么亮点，但放在一起就是完美组合。

如果美真的存在于得体的仪态中，那么年纪大的人可能看起来更可亲，这不足为奇。美人的秋天也是美的，对青年要抱以宽容，用青春弥补优雅。美貌如夏天的水果，很容易腐烂，不能持久。对大部分人来讲，美貌让青年人放荡不羁，老年时就悔恨不已，可是如之前所说，如果品德高尚的人同时拥有美貌，就能让美德熠熠闪光，反之，则让恶性难以自容。

谈 残 疾

残疾之人通常很会以牙还牙,既然造物主对他们不仁,他们对造物主也就不义。如《圣经》所说,他们中的大多数都缺乏自然亲情,所以他们对自然怀有报复之心。当然,肉体和精神间存在某种契合,造物主如果在一方面出了岔子,那么在另一方面就得承担风险。但是因为人对精神结构有选择控制的能力,并且对身体结构有一种自然的需求,所以纪律和美德的光芒有时会掩盖那些决定气质的星宿。所以,最好不要把残疾当成是性格的标签——这种情形更具欺骗性,而应把它当成一种性格的成因,这种成因通常会产生相当大的影响。

凡是因身体上有残缺而遭人嘲笑的人,总会不停地鞭策自己,从嘲笑中解脱。因此,身有残疾的人通常非常勇敢。起初,这种勇敢是他们受到嘲笑时的一种自卫,但随着时间的推移,勇敢就成了一种习惯。而且残疾能激励人变得勤勉,这类残疾人总乐于观察别人的缺点,以便将来有报复的资本。还有，残疾人可以消除居于高位的人对他们的嫉妒，因为在居于高位的人眼里，残疾人是可以轻易蔑视的。这也使他们的竞争对手忽视了他们潜在的竞争，因为居于高位的人绝不相信残疾人也有比他们厉害的时候，直到成为事实才不得不信。综上所述，对于拥有强大精神和品格的人来说，残疾是他们向上攀登的优势。

古代的君王常常偏信宦官，现代某些国家领导人也是如此，因为这些人嫉恨一切，却会对君王更依赖、更忠诚。但是君王信任他们，只是把他们当作优秀的间谍和告密者，而不是称职的官员。对一般的残疾人而言，上述道理是站得住脚的。但如果他们有魄力，就会不断鞭策自己寻求解脱的途径。至于途径，要么来自美德，要么一定是来自怨恨。无需惊讶，残疾人中也有精英，如阿盖西劳斯、索丽满的儿子杉格尔、伊索①、秘鲁总督加斯卡等，苏格拉底②等其他人也可以算是其中一类。

①据说，古希腊著名的寓言家伊索是一位残疾人，但是并没有可信的凭据。
②苏格拉底相貌非常丑陋，培根认为这也是一种先天的缺陷，也属于残疾一类。

谈 建 筑

　　盖房屋是为了居住，而不是为了欣赏。因此，要先讲求实用，再讲究匀整，除非二者可以兼顾。那种只讲求美观的建筑就留给诗人们做头脑中的魔法宫殿好了；毕竟诗人们建房子是不用花钱的。

　　在糟糕的环境中建一座漂亮的房子，这无异于让自己住进牢狱。我说的糟糕环境不仅指空气糟糕的地方，也指空气流通不均匀的地方。正如你所见，许多美丽的房屋坐落在一个四周高山环绕的小丘上；导致太阳的热量积聚其内无法释放，而风积聚在山谷中，因此你会感到骤冷骤热的巨大温差，就好像住在好几个不同的地方似的。除了空气质量差，交通不便、购物困难都是造成环境糟糕的因素；并且，如果你愿意请教莫墨斯①，

①莫墨斯：古希腊神话中专门管嘲弄和非难的神。传说，锻造神伍尔坎锻造一个人，他就说人的胸间应有一个小门，要不然无法窥探人心里的想法。宙斯变了一头牛出来，他嫌牛角没有放在眼睛之下，看不见角应抵在哪里。他指责雅典娜没有给房子装上轮子，导致如果遇到了不好的邻居就不可以随时搬走。最后，他因为挑不出爱神阿弗洛狄特的不完美的地方，就自己把自己气死了。

糟糕的邻居也是原因之一。还有许多事，此处不再赘述，比如水资源匮乏、木材稀少、阴凉处少、土地贫瘠、美景寥寥、地形崎岖，附近缺少可供打猎、放鹰、赛马的场所，离海过近或过远，没有可以通航的河流或有河水泛滥的隐患；房屋若离大城市太远会妨碍办事，而离大城市太近又会导致物价过高；何处人可聚财，何处人会受困。这种种因素也许不可能全碰到一起，但是我们应当知道这些事情并考虑到这些因素，这样就可以扬长避短；而且，如果一个人有好几处房屋的话，他也可以合理布局以达到资源互补。卢库勒斯对庞贝的答复很有道理。庞贝有一次看见卢库勒斯的一处私宅有高大壮观的门廊和宽敞明亮的房间，就问道："这所房子真是夏天避暑的极好的住处，但是你冬天要怎么住呢？"卢库勒斯答道："鸟儿都知道在冬天来临前迁徙，难道你认为我还不如它们聪明吗？"

刚才谈的是房屋的选址，现在来谈谈房屋本身。我们将采用西塞罗谈演讲艺术的方法。他写过几本《论演说家》的书，又写了一本名为《演说家》的书；前者讲述演说的基本技巧规则，后者则谈演说的实践。因此，我们将描绘一座高贵的宫殿，把它作为一个简明的模板。因为在当今欧洲，即便是在像梵蒂冈和埃斯库里亚尔宫一类的宏伟建筑里也难寻一间漂亮的屋子，这种情况着实令人诧异。

首先，我认为要建造一座完美的宫殿需要把它分成两个隔间：一间供宴会使用，另外一间供居住；前者就像《以斯帖记》叙述的那样供宴会娱乐①，后者用于居家度日。我所说的这两个隔间不一定是侧厅，也可以是建筑的正面部分。虽然内部可以分成几个部分，但从外面来看造型是一

---

① 《圣经·以斯帖记》中记载，波斯王亚哈随鲁在书珊城大宴民众，足有万人参加，宴会持续了七日之久。

致的;它们应当位于官殿正面居中的一座富丽堂皇的楼阁两侧,就好像这座楼将它们从两侧连接起来了一样。在宴会厅一侧朝外的正楼上,我认为只要一个好房间,大约有四十英尺高,楼下还要有一个更衣室,以备演出庆典等活动的不时之需。在居家隔间的另一侧,我希望分出一个厅堂和一个小礼拜堂(中间用墙壁隔开),它们都要非常精致且宽敞,但不能把整个侧楼都占满,在走廊尽头还要设有两个分别供冬夏使用的小客厅,两厅都要布置美观。这些房间下面,还要有一个漂亮宽敞的地窖,还要有几间私人厨房,附带食品室和茶水间等等。至于主楼,我认为应该比两侧翼楼高出两层,每层十八英尺高。楼顶上应该铺上漂亮的铅皮,屋顶周围有栏杆,栏杆上应该间隔相宜地用雕像进行装饰;主楼应根据用途分成几个房间。通往上层房间的楼梯应环绕在一个好看的露天柱子上,并且要用漆成黄铜色的木质雕像围绕起来;楼梯的顶端也应该有一个很棒的平台。但是这样做的话,你就不能把下层的任何房间用作仆人的餐室,要不然你就得让仆人们在你用过餐后再吃饭。因为在他们吃饭的时候,饭菜的气味就会顺着楼梯飘上来。关于正楼的情况就谈这些。只是我认为第一层楼梯的高度应该是十六英尺,恰好和楼下房间的高度相等。

穿过房子的正面部分应该有一个漂亮的庭院,但是其余三面的房屋要比正面部分矮一点。庭院的四角都要有美观的楼梯,且楼梯只连接凸出的角楼,不是通往建筑本身。但是那些角楼不可以和正面的塔楼一般高,而应该和庭院周围的低矮房屋比例相称。庭院的地面不宜铺砖石,因为砖石会使院内夏天更闷热冬天更寒冷。只有四周和院中的十字小径可以用砖砌,其余地面应当铺草坪,草坪要经常修剪,但不宜剪得太短。靠宴会厅那一侧的房间可以全部作为堂皇的陈列室;这一排房屋中应当有三到五个等距的穹顶,并且还要装有各种精美彩绘图案的玻璃窗。靠近居室的那一侧房间可以作为会客厅、餐厅以及卧室；并且这三面的房屋都应该是内外双层的，这样任何一面都不会有直射的阳光，无论上午还是下午都可以避免阳光的直射。另外，你还应当设计一些既能在夏天避暑又能在冬天取暖的屋子，夏天阴凉，冬天暖和。有时候你会看见一些四周都是玻璃窗的漂亮房子，让人简直说不出要往哪里去才能避免日晒或寒冷。至于凸窗，我认为是极其适用的，但在城市里建房子确实得考虑临街房屋的统一性，所以说平窗是更为合适的选择；凸窗还可以作为朋友聚谈的幽静之地。另外，凸窗还可以避开风吹日晒，因为风和阳光都难穿过这种窗户。不过这种窗户不宜多，一个院子里有四个就够了，一侧各有两个即可。

穿过这个庭院还应当有个内院，面积和高度都应和外院一样。内院四周都要有花园围绕，院子里面四周都要有美观得体的拱形结构回廊，与二楼一般高。朝向花园的下面一层，改造成洞室作为避暑的去处。只有朝向花园的一面需要门窗；这一层要在地平线之上，以防止屋内潮湿。内院中间还应该有一个喷泉或一些美丽的雕像，院子地面的铺砌方法应该与前院相同。院子两侧的房间可作为私人住房，底端的那一排作为私人画廊。在这些房间中，还得预备一些疗养室，带有接见室、卧室、会客室、休息室，以备主人或贵宾突然患病使用。这些屋子要放在二楼。在房子的一楼和三楼应建一个漂亮开阔的阳台，用立柱支撑，以便观赏风景，呼吸新鲜空气。远端的两角上应有两个精致华丽的楼阁，地面铺着精美的花砖，墙上挂着富丽堂皇的挂毯，窗上安着水晶玻璃，中间是一个金碧辉煌的穹顶，还有其他所有可以想象得到的优雅装饰。在上层的阳台上，如果条件允许，我想要有几股喷泉从墙面各处涌出，并配有精巧的排水设施。以上便是这所府邸的大致模样，不过正楼前方还要有三个庭院。第一个是绿草坪,四周有墙;第二个与第一个相似,但要在墙上多点缀些小角楼或其他装饰;第三个庭院与府邸正面形成一个正方形的广场,但是周围不要有房屋或墙垣,而是要用铅皮铺顶的露台围绕,并且要有用柱子而不是用拱门支撑的走廊。至于办公的房间,则应该让它们离府邸稍远一些,两者之间可以通过一些低矮的回廊与府邸相连接。

谈 园 林

万能的上帝乃园林的创造者。园艺确实是人生中最纯洁无瑕的乐趣,它能给人的精神带来最大的抚慰;如果没有它,高楼广厦只能算作粗糙的人造物品罢了。我们经常看到,凡是在崇尚文明与优雅的时代,人们会先建造富丽堂皇的建筑,然后才修建精致的园林;仿佛唯有园林才能使建筑完美。

我认为,就皇家花园的布局而言,应考虑到一年中每个月都有当季的花草树木。十二月、一月和十一月的下半月,你必须种植一些冬天也常绿的植物:如冬青、常春藤、月桂、杜松、柏树、紫衫、波罗密树、枞树、迷迭香、薰衣草、小常春花(白色、紫色和蓝色)、石蚕花、菖蒲、香橙树、柠檬树、桃金娘(如果能设法保温使之不受严寒的话),还有香墨角兰,此花一定要种在向阳处。接下来,是一月的下半月和二月,应当栽培当季开花的丁香树、番红花(黄灰两色均可)、樱草、白头翁、早开的郁金香、风信子、小鸢尾和贝母。到了三月,会有紫罗兰,特别是单瓣蓝色的紫罗兰,它们开得最早;此外还有黄水仙、雏菊、杏花、桃花、山茱萸和野蔷薇。

到了四月,就会有双瓣的白香堇、桂竹香、香紫罗兰、黄花九轮草、鸢尾花、各种百合花、迷迭香、郁金香、重瓣牡丹、白水仙、法国忍冬、樱花、李花、梅花、抽叶的山楂和紫丁香。五月和六月,则会有各种石竹(尤其是淡粉色石竹)、各种蔷薇(只有开得较晚的麝香蔷薇不在其中)、忍冬、草莓、紫草、耧斗菜、法国万寿菊、非洲万寿菊、结果实的樱桃树、醋栗、结果实的无花果树、覆盆子、葡萄花、薰衣草、开白花的香兰、百合草、铃兰和苹果花。七月间则有各种紫罗兰、麝香蔷薇、开花的菩提树、早熟的梨与结实的李和两种早熟的林檎。八月有各种硕果累累的李树、梨树、杏树、黄花浆果、香瓜和各种颜色的僧冠花。九月有葡萄、苹果、五颜六色的罂粟花、桃子、黄桃、蜜桃、山茱萸、冬梨和温柏。十月和十一月初,有枸杞、西洋李子、插枝或移植以求晚开的蔷薇和蜀葵。这些花木都是相对伦敦的气候而言的;但是我的意思很明确,那就是你可以因地制宜地营造一个"永恒的春天"。

因为在空气中自然散发的花木之香远比提炼到人手中的芳香精油要更沁人心脾,花香四溢犹如音乐流淌,所以要尽情享受这种快乐,最好的方法就是了解哪些花木最能在空气中散发芳香。粉红玫瑰和红玫瑰都善于留存芳香,所以你从一大排玫瑰花旁经过却可能闻不到一丝香气,甚至在晨露浸润时也是如此。月桂在生长期间并没有香味。迷迭香和墨角兰也没有什么香气。最能在空气中弥漫香气的要数紫罗兰了,尤其是那种白色重瓣的紫罗兰。它一年开两次花,一次在四月中旬,一次在圣巴托罗缪节(即 8 月 24 日)前后。其次就是麝香玫瑰。再次是行将枯萎的草莓叶,它能散发出一种最令人兴奋的香气。还有就是葡萄花,这是一种小粉花,好像小糠草的粉花一样,在葡萄抽穗时开花。然后就是野蔷薇。再然后就是黄紫罗兰花,这种花如果种在客厅或低矮的房间窗下会令人心情极好。然后是各种石竹和紫罗兰,尤其是花坛石竹和丁香石竹。然后是菩提树的花。接着是忍冬花,远一点更香气怡人。至于豆花,我姑且不谈,因为它们是田间的花草。有三种花最善于在空气中散播香气,但人们徘徊其侧时闻不到香味,只有在受人践踏踩碎之时它们才芳香四溢。它们分别是小地榆、百里香和水薄荷。因此,你不妨将这几种花草种植在园中的小径上,这样在你漫步小径之时便可感受到足下生香。

　　至于花园,我现在所说的是那些皇家花园,正如上文所谈论的建筑一样,其面积应不少于三十亩。并且应当分成三部分:入口处是一片草坪,靠近出口的地方是荒地,中间是花园的主体部分,两旁铺有小径。我认为绿地可以占四亩;荒地占六亩;两侧各占四亩;剩余的十二亩作为主园。绿地会给人带来两种乐趣:其一,绿草如茵最为赏心悦目;其二,绿地中间留有一条人行道,可使人直达主园四周那道高高的篱笆墙前。但是因为这条道稍长了一点,要是在大热天,你总不能为了去花园的树荫乘凉,而顶着炎炎烈日走完绿地吧,所以你应该在绿地的两侧各修一条十二英尺高的木制遮阴廊道,这样便可以在荫蔽下走进主园。至于用彩色泥土摆设几何图案装饰花坛,布置到朝向花园的那排房舍窗下,我以为那只是雕虫小技;因为你在水果馅饼上就能常常见到很让人称赞的图案。花园最好是正方形,四面用宏伟的拱形篱笆墙围绕。这些拱门应当架设在木制的柱子上,大约十英尺高,六英尺宽;拱门的间距要与每个拱门的宽相等。拱门上方应该有一圈四英尺高的木制的整圈篱墙;在篱墙上每个拱门的上面建一个小角楼,大小足以容纳一个鸟笼即可;另外在两拱门之间的上方再构筑些雕刻造型,外面镶上大片的圆形彩色玻璃以反射绚丽的阳光。

但我打算把这个篱墙建在一个平缓不陡峭的坡上，高约六英尺，栽满花草。而且我认为这个正方形的花园的宽度不应占据整个大花园，而应当在两边留出空地修些小径，这样你就可以通过草坪两侧的廊道抵达。花园的两端却不应有带篱墙的小径；因为前端的篱笆会阻碍你透过拱门看草坪的视线，而后端的篱笆则会阻碍你透过拱门看外面的视线。

至于大篱墙之内的布局，我觉得可以随心所欲、风格多样一点。不过我建议，不管你把它布置成什么样，首先要避免栽植过密或者雕琢过甚。

我个人来说，不喜欢在杜松或别的什么园木上刻刻画画，那些是哄小孩子玩的把戏。我喜欢低矮的小树篱，圆圆的，像一条条镶边，中间还间杂着好看的小金字塔。还有些地方，弄些美观的木制立柱，那也是我喜欢的。我还欣赏园中宽阔美观的道路。两边的小路倒可以紧凑一些，但是主园中的小径绝不可以这样。我还希望花园的正中央有一座秀美的小山，有三条上坡路，每条上坡路的顶上留有一条可容四人并行的环山小径。我认为环山小径应成正圆形，不要有任何壁垒或凸起；整个山应有三十英尺高；上面还要有座优雅的宴会厅，厅内有造型简洁的壁炉，玻璃窗则不宜过多。

喷泉是极好的，令人赏心悦目；但水塘一类的东西往往会让人有焚琴煮鹤之感，这是因为园中会因此而滋生蚊蝇和青蛙，破坏园中的美景。我认为喷泉有两种：一种是喷洒水泉；另一种是池水涌泉，大约三十到四十英尺见方，但是里面不要有鱼、黏土和淤泥。关于前者，用镀金或大理石的雕像做装饰，都是极好的。然而主要的问题是如何设法排水，不要让水积在下面的圆池或水槽里，以免水被污染变绿、变红，或者生苔藓和腐败烂物。除此之外，每天都要做人工清洁。另外，喷泉基座可修一些台阶，顺势可精心铺砌周围的地面，这样想必也是极好的。至于后者，我们可以称作浴池的喷泉,在它上面可以用很多奇特而美丽的装饰;所以我们不必为它多费脑筋。比如可在池底精心铺砌装饰图案;池子两边亦同样铺砌;并用彩色玻璃和类似有光泽的材料美化;周围再环以低矮的雕像做围栏。但关键问题和我们提到的前一种喷泉一样,就是如何保持泉水畅流,其水源应该来自较高一层的水池,通过美观的喷口把水引入水池,然后由排出量与引入量相同的水孔将水从地下排出,这样水就不会停滞在水池里了。泉水喷涌的装置应设计巧妙,使水凸出地面而不外溢,喷射出各种形状,如羽毛状、酒杯状、华盖状等等,这毕竟是供人观赏的喷泉,而非修身养性的圣泉。

至于花园第三部分的草莽之地,我希望尽可能保持得像一片天然的荒地。里面不可有树,只能种植几丛野蔷薇和忍冬,一些野藤间杂其中;地面上可多种植一些紫罗兰、草莓和欧洲樱草。因为这些花芳香怡人,而且适于在阴凉处生长。应该把这些花散布在荒地的各处栽种,不要有什么规律次序。我也喜欢鼹鼠丘那样的小土堆,就像在野草莽中的那样,在这些小土堆上,有的栽野百里香,有的栽石竹,有的栽石蚕花(这种花看起来极美),有的栽常春花,有的栽紫罗兰,有的栽草莓,有的栽野樱草,有的栽雏菊,有的栽红玫瑰,有的栽百合,有的栽红石竹,有的栽熊掌花以及诸如此类虽不名贵却芳香好看的花草。有些小土堆顶上应种上直立灌木,有些则不必。所谓直立的灌木指玫瑰、杜松、冬青、黄花浆果(只用于点缀,因为香味过于浓烈)、红醋栗、桃金娘、迷迭香、月桂和野蔷薇等。不过这些直立灌木应经常修剪,不然会长得凌乱不堪。

至于园中两侧的空地,应当在其中多辟大大小小的幽径,这样无论太阳从哪个方向射来,园中都充满阴凉之处。同样,还要一些能抵挡风吹的走廊,以便疾风劲吹之时你还可以闲庭信步。遮阳的小径也应在两端竖立篱墙,用来遮挡风;避风的通道则应用沙砾精心铺砌,以免长草沾露弄湿鞋袜。在许多小径边上,应种植各种果树,使之缘墙攀壁,或独立成行。还有一点要格外注意,就是这里种植果树的花坛要整齐宽阔,且要矮一些,不能太陡;花坛内可种些名贵花草,但应种得稀松疏朗一些,以免妨碍树木的生长。在两侧空地的尽头,应当各有一座不太高的小山,高度以人站在山上围墙高度刚好齐胸为宜,以便把周围田野的景色尽收眼底。

至于主园,我不否认,两旁应有种植着果树的漂亮小径;并且有一些漂亮的果树林;设有座位的凉亭,排列有序,但不可安排过密;要保证主园不闭塞,空气自由流通。至于阴凉,我认为还得靠两侧空地的小径,要是高兴,你也可以在大热天上那儿散步。但主园则是为了一年中较为温和的季节而设计的;在酷暑的季节,只适合在清晨、傍晚或是阴天游玩。

至于鸟类饲养场一类的东西,我不是很中意,除非占地特别大。地上不仅铺有草皮,上面还要栽种各种灌木,这样鸟儿才有更大的活动空间,可以自行营巢栖息,而且地上不会有粪便堆积。

以上就是我为皇家花园提供的设想,这个设想一部分是建议,一部分是描绘,描绘出的并非是一个模型,而只是一个大致的轮廓;在这方面,我也没有考虑到节省费用的问题。不过这对于王公贵族而言,也是不成问题的,他们多半会采纳工匠的建议,把他们的东西聚集到一起,花的钱也不比我的建议少;有时他们还增加诸如雕像此类的东西,为了图个富丽堂皇的排场,可这对于增添真正的园林之乐来说,实是毫无裨益的。

谈洽谈

一般来说，口头洽谈比书面洽谈好；而由第三者从中斡旋比本人亲自谈更好。如果想得到书面答复，或者想日后拿出书面证据为自己辩护，或是面谈者是面谈受阻，或被断章取义，那么书面洽谈更好。当一个人的面孔令人生畏，比如领导与下属洽谈时，或者所谈之事微妙，要通过察言观色来把握说话分寸，更通常的是当一个人想对自己说的话保留否认或解释的余地时，那么面谈为宜。在选择为自己出面洽谈的人时，最好选择那些老实耿直的人，因为他们一般都肯办受托之事，又肯如实汇报结果。千万别找那些狡猾之徒，他们往往善于利用别人的请求来为自己谋利，汇报时用花言巧语来讨你欢心。也可以用那些乐意受人委托的人，这样可以加快办事的效率。选人办事时还要注意因材施用，比如用大胆的人去劝告，会说话的人去说服，机灵的人去探询观察，而要洽谈违背情理的事时，则要找那种倔强而不懂得变通的人。还要用那些曾经受你之托去洽谈并有幸在洽谈中占上风的人；因为以往的成功会使他们更自信，而且他们也会努力保持自己成功的惯例。

洽谈时最好先婉转地探寻对方的想法，不要开门见山，除非你想出奇制胜。和有欲望的人洽谈比跟无欲求的人洽谈要好得多。如果一个人已与对方达成初步协议，那么谁先履行协议就是最重要的问题。要想合情合理地要求对方先履行义务，除非具备三个条件：一是协议的性质需要对方先履行义务；或者是能使对方相信自己在另外某件事上需要他的合作；或者是使他相信你是一个诚实守信的人。洽谈的一切策略技巧就是观察对方并利用对方。人们往往在受到他人信任之时，兴奋激动之时，毫无戒备之时，或者有所求，既想做一件事又找不到合适的借口时暴露自己。如果你想利用一个人，你要么了解他的性情和习惯，以便诱导他；要么了解他的意图，以便说服他；要么了解他的弱点和缺陷，以便威胁他；要么查明能影响他的人和事，以便控制他。在和狡猾之徒洽谈时，我们必须弄明白对方的真实意图，以便分析他们的言语；并且在他们面前最好少说话，即使要说也要出其不意。在洽谈遇到困难时，不要急于求成；但必须为洽谈做好充分准备，以期时机逐渐成熟，达成协议。

谈随从与朋友

　　需要人付出很高代价的朋友是不招人喜欢的；因为那会使人像孔雀一样，拖长了尾巴，却缩短了翅膀。我所说的很高代价的朋友，并不仅仅指那些金钱花费多的人，也指那些要求多到讨厌的人。一般的随从不应在主人的赞助、推荐和庇护之外提出更高的要求。爱拉帮结派的随从更不招人喜欢，因为他们追随你并不是出于对你的仰慕，而是出于对他人心怀不满；于是我们常看到的接踵而来的大人物之间的误会多是由此引起的。同样，那些华而不实的随从，经常像喇叭一样四处为主人吹嘘，结果常会为主人招来麻烦；因为他们只顾吹嘘却泄露机密，结果成事不足而败事有余，不仅毁了主人的名誉，还为主人招来妒忌。还有一种随从也很危险，这种人实际上是密探，常常探询主人家的秘密，然后告诉别人。这种人大多数时候却很受宠信，因为他们爱多管闲事，常常告诉主人自己用主人家的秘密换来的别人家的秘密。

　　至于说某位大人物有一些与其职业身份相符的随从（比如某位参加过战争的人有许多士兵做随从），这向来是件司空见惯的事，即使在君主制国家也无可厚非，只要别太高调就行。但最可敬的主人是知人善用，懂得如何使各种人都能扬德显才。然而，在没有出类拔萃的人的情况下，宁可任用平庸之辈也不要任用精明能干的人。而且，说实话，在世风日下的时代，有行动力的人比才能出众的人更有用。在管理事务方面，应一视同仁。如果破格录用谁，可能会使此人目中无人，还会引起一些人不满，因为这些人有权要求得到平等的待遇。但在对待随从方面，应当做到亲疏有别，这样做可以使受器重的人更加感激，其余的人更加殷勤，因为一切都取决于主人的恩惠。对于任何刚刚接纳的随从都要十分谨慎，因为你还不能把握好分寸。被一个人掌控是很危险的，因为这就暴露了你的软弱，从而会招致污蔑和诽谤。那些平常在主人面前不敢直言的人在背后也会大胆谈论得宠的人，主人的声誉也会受到损害。然而，对很多随从都言听计从更糟糕，那会使你看起来没有主见，形象大打折扣。采纳少数几个朋友的建议永远是明智的，因为往往旁观者清，当局者迷，身处低谷才见高山。世上少有真正的友谊，在势均力敌者之间的友谊更为罕见。也就是说，真正的友谊只存在于身份地位有上下之别者之间，这种朋友才能荣辱与共，且行且珍惜。

谈请托者

许多坏事都有人愿意接手,可见个人的请托确实会妨害社会的公正。许多正当的事情由邪恶的人接手,我所指的邪恶的人并不仅指腐败的人,也指狡猾的人,嘴上答应了别人的请托,心里却压根儿不想把事办成。

有些人答应了别人的请求,却没有切实行动;但一旦他们发现这事给别人快办成时,又特别想博得请托者的感激,或者能借机蹭点谢礼,至少希望在事情办成之前,利用一下请托者的心情。有些人接受别人的委托,只是为了借机去接近某人,或为了去探听消息,因为除此找不到别的恰当借口;一旦目的达到,他们就完全不再关心受托之事的成败。或者,换句话来说,这种人就是把他人委托之事当作自己办事的渠道而已,即过河拆桥。甚至还有些人答应帮别人办事,却一心想要把事情搞砸,以此来讨好请托者的死对头或竞争对手。

当然,每接受一次请托就相当于获得了一种权利。若是为了打官司而托人打点,那受托人就获得了权衡公道的权利;若是为了诉状求情,那么受托人就获得了赏罚得当的权利。如果一个人感情用事,偏袒无理的一方,那他最好能利用自己受托的身份让双方私下里和解,而不要把事情做绝。如果一个人在感情上偏袒处于劣势的一方,那他在成全此人时最好别诋毁那位条件更优秀的人。若遇到自己不太了解的请托之事,最好去咨询某位信得过又有见识的朋友,他会告诉你这事是否可行:但是这种顾问一定要谨慎选择,小心被别人牵着鼻子走。请托办事的人最讨厌拖延和欺骗,所以一定要对他坦诚相待,要么一开始就拒绝委托,要么就及时告诉人家事情的进展,且事成之后不可再索要额外的报酬,这样做不仅会让对方尊敬你,而且感激你。如果有人第一个来托情谋求特许,而你觉得不妥当,在这种情况下,应该考虑请托人对你的信任,而且他提供给你的是从别处得不到的信息,这时候切不可利用这一消息坑害他,你要让他另寻别的办法,这也算是回报了他的信任。不谨请托中的规则就是愚蠢的,而不知他人请托之事正当与否就是缺乏良知了。

帮别人办事要懂得保密,这也是成功的一大诀窍。在办事过程中若大肆宣扬事情进展得如何顺利,会挫败别的受托人的信心,但也可能会刺激一部分请托者,使他们警觉,加快办事速度。把握好时机才是请托办事成功的关键。所谓的时机,不仅指你要请托的人会答应办事,而且指这时其他人也不会从中阻挠。物色办事的人选时,宁可选择最适合办事的人,也不要盲目迷信位高权重者;宁可选择专管某事的人,也不要选择统管全局者。如果一个人初次请托遭到拒绝,别沮丧也别埋怨,下次再有所请托的时候,可能会得到初次请托没有达到的补偿。假如一个人得宠,"欲得一寸先求一尺"是条有用的规则;但对于不得宠的人来说,则最好"欲得一尺先求一寸",因为受托者往往敢于拒绝初次请求他的人,却舍不得拒绝已经得到过很多好处的请托者以及先前已经给予他的恩惠。一般人认为求大人物写封推荐信不过是烦他举手之劳，其实不然，若举荐理由不充分，也会有损写信人的名誉。以请托办事为生的人是最可恶的，他们对社会来说无疑是一种毒药和瘟疫。

谈 学 习

学习可作为消遣、增添文采和增长才识之用。学习最大的好处是一个人在独处时将其作为消遣；增添文采这一用处常常体现在高谈阔论之时；增长才干则体现在处事上。虽然有处事经验的人能一一处理、判断专门的事务，但要通观全局并运筹帷幄还是需要博学的人才能胜任。花费过多时间学习其实是偷懒；滥用知识、添彩过头是矫情；完全照搬书中的教条就是书呆子。

学习可以完善人格，而学习本身又需实践才完美；人的天性犹如自然中的草木，需要修剪，这就需要学习；而学习本身要是不受经验的限制，其效果就会太过宽泛。注重实际的人轻视学问，头脑简单的人羡慕学问，唯有智慧之人会运用学问。学问本身并没有教人如何利用它，这种利用的智慧在学习之外并高于学习，唯有通过观察体会才可获得。

学习不要吹毛求疵，不要尽信书本，也不要寻章摘句，而要权衡思考。

有些书适合浅尝辄止,有些书适合囫囵吞枣,有些书适合反复咀嚼,慢慢消化。也就是说,有些书只要读部分章节;有些书只要泛读,了解大意;也有些书要通篇精读,并认真琢磨。有些书可请人代读,看看人家做的摘要就好;不过这只限于不重要的书,因为浓缩过的书就像蒸馏水一样淡而无味。阅读使人充实,讨论使人机敏,笔记使人严谨。因此,如果一个人很少做笔记,那他就要有超强的记忆;如果他很少与人讨论,他就得非常睿智;如果他很少学习,那么他得有随机应变的能力,才能掩饰自己的无知。历史使人明智,诗歌使人灵秀,数学使人精确,自然科学使人深邃,伦理学使人庄重,逻辑修辞学使人善辩。"学习塑造性格。"不仅如此,心智上的任何一种缺陷都可以通过相应的学习来弥补,就像身体上的疾病都可以通过相应的运动来改善一样,比如打保龄球有益于治疗结石和保护肾脏,射箭有益于肺部和胸腔,散步有益于肠胃,骑马有益于大脑等等。所以,如果一个人精神不集中,让他学习数学;因为在数学的证明推理中,稍稍走神就等于前功尽弃,必须从头开始。如果一个人不善于辨别异同,就让他读经院哲学;因为经院哲学家个个都注重条分缕析。如果他不善于由果溯因、由因及果的推理,就让他学习法律案例。如此看来,心智上的各种缺陷,都有对症良方。

谈 党 派

　　许多人都有一种不明智的看法,认为君主治国、要人管事的主要策略在于处理各党派间的关系。其实与此相反,最明智的做法是要么把符合国家整体利益的大事要事处理好,使各党派都一致赞同;要么把人与人之间的各自关系处理好。但我的意思并非完全忽略党派。出身低微的人,在升迁过程中必须有所依附;而有权有势的人最好保持中立的态度,不偏不倚。初入仕途的人尽管要依附某党派,但也要有利有节,即使身居这一党派,也能和其他党派的人相处,这样往往能成就仕途。一般来说,位卑势弱的党派会更加团结;我们常常会见到一些温和的小党派能摧毁一些所谓的坚不可摧的大党派。党派之争中如果有一派被消灭,剩下的一派就会分裂。如当年卢库勒斯和元老院贵族结成一党,对抗庞贝和恺撒结成的党派,但后来贵族的权威被打垮,恺撒和庞贝也很快就分道扬镳了。安东尼和屋大维、恺撒也曾结为一党对抗布鲁图和卡西乌,但布鲁图和卡西乌被推翻后不久,安东尼和屋大维也反目成仇了。这些都是战争中结党的例子,私党之争也是如此。因此,一些次要的党派成员往往在本党分裂时成为新的领袖,但也常常不得善终,被人抛弃;因为许多人的作用就在于斗争,一旦失去对手,他也就毫无用处了。我们经常看到这样的情况,人们一旦得了势,便会拉拢反对党,这些人认为一个党派已经稳抓在手,是时候收买新党了。叛党分子常常能捞到好处,这是由于当两派之争久久相持不下时,争取到一方的力量就可以决出胜负,那么大家就会对他万分感激。在两党之间保持中立的不一定都主张中庸,实际上有人是出于一己私利,想两头得利。在意大利,教皇们老把"众人之父"之类的话挂在嘴上,人们对他们总是心有疑虑,认为这不过是个幌子,他们实际上是想把一切都归于自己的权威之下。君主必须要小心,不能偏袒某一党派,以致自己也沦为某党派的党羽。对君主制国家来说,政府内的党派总是对王权不利,因为这些党派常要求党内成员履行一种义务,这种义务往往高于对君主应尽的义务,并且使得君主被视为"我们中的一员"。这从法兰西的"神圣同盟"中可见一斑。党派之争愈演愈烈的时候,就是王室衰微之时,这对他们的权威和朝政都相当不利。君王之下的党派活动应该像天文学家所说的小行星的运转一样,尽管可以自转,但仍然安静地接受着来自高一级天体运动的支配。

谈礼节与仪容

　　一个不拘礼节的人必须有过人的才德,这就如同不带装饰的宝石自身必须非常珍贵。如果稍留心观察就会发现,人们获得赞誉和赚钱获利的情形是一样的。"小利可生大财"这句谚语千真万确,因为我们经常碰到小利,而大利则可遇而不可求。同理,微不足道的行为常常可以赢得很高的赞赏,这是因为这些小举动常常也会引起别人的注意,而那些展示大德的机会却如同节日般稀少。由此可见,讲究礼节可增添人们的美名,正如伊莎贝拉①女王所说:"举止优雅是永不过时的推荐信。"如果要获得这些推荐信,只要不藐视这些礼仪就够了。一个人如果不藐视礼仪,自然会留心观察别人的举止,然后只要他相信自己就可以了。如果故意过分表现礼节,反而会失去礼节的魅力。因为礼节本身就是自然而然而非矫揉

---

　　①伊莎贝拉:卡斯蒂亚王国的女王和阿拉贡国的王后,与丈夫阿拉贡国王斐迪南共同主政,两国合一,为西班牙统一打下了坚实的基础,也曾为哥伦布航海提供资助。

造作的。有些人的举止就好像每个音节都经过仔细推敲的诗篇,可在小节上如此讲究的人又怎能成就大事呢? 然而完全不拘礼节的人就等于让别人也不要讲究礼仪,结果就是别人也对他不怎么尊重。尤其是在和陌生人打交道或出席正式的社交场合时,这些礼仪万万不能忽视。但过于强调礼节,把它看得高于一切,这样不仅让人觉得乏味而且会让人怀疑你的诚意。当然,有一种效果很好且令人难忘的运用礼仪的方式,如果有人能掌握这种方式的技巧,必将在处事中行之有效。对待同辈少不了亲热随意,那么此时不妨保持几分稳重和矜持。在下属面前一定会受到尊崇,那么此时不妨随和一些。不分场合地讲究礼仪会让人生厌,也会自掉身价。尽可能地帮助别人是好的,但必须要显示出这样做的动机是出于对他人的尊重而不是为了自己的便利。通常对别人表示赞同时,要附上自己的某些见解,比如一些不同的看法、几个先决条件,或是几条更加深入的理由。一个人必须意识到,不能过分恭维他人,因为无论你在其他方面如何优秀,那些嫉妒你的人都会给你安上一个溜须拍马的恶名,这会有损你的才德。做事的时候过分讲究礼节,或观察时机和机遇时过于谨小慎微,都是不可取的。正如所罗门说的那样:"看风的人无法播种,看云的人无法收割。" 智者善于创造机会而不是找寻机会。人们的举止就应该像他们的衣服着装,不可太紧或过于讲究,而应该宽松一些,这样才能使他们行动自如。

谈 赞 誉

赞誉能反映人的才德,它就像镜子或其他具有反映功能的东西一样。如果赞誉来自普通大众,那这种赞誉一般是虚假而毫无价值的,而且通常只有贪恋虚荣而不是品德高尚的人才会获得这样的赞誉。因为普通大众并不懂得伟大崇高的美德。他们对初级的道德赞不绝口,对中级的道德感到讶异和羡慕,对于高级的道德却浑然不觉。他们热衷于做表面文章和自以为具有教徒的假想赞誉。当然,名声就像一条河。它让轻浮的东西上浮,让厚重的东西下沉。但是如果有识之士齐声赞扬某人,那么此人就会像《圣经》所说的那样美名犹如香膏了。它的香气充斥周遭,经久不散。比起繁花的香气,香膏的香气更为持久。

想要赞誉一个人的理由可以五花八门,所以人们完全有理由对那些赞誉表示怀疑。有些赞誉完全是为了阿谀奉承。如果献媚的人技术一般般,那么他会不分场合的惯用套话,对谁都献媚一番;如果谄媚的人城府

一只苍蝇伏在一辆战车的车轴上，骄傲地说："看我扬起了多少的灰尘啊！"

世上亘古不变的东西有两样：一样是天上的恒星，另一样是永远守时的地球旋转。

很深，那么他会揣摩被称赞人的心理，投其所好，竭力恭维。

而如果献媚的人厚颜无耻，那么他会找出称赞人最感难堪的缺点，然后硬把缺点说成优点，搞得这个人"良心不安受到谴责"。有些赞誉是出于对被称赞者的善意和尊敬，这是对君主和伟人应有的礼节，目的在于"以赞为训"，换句话说，称赞他们的方面也就是希望他们做到的方面。有些人竭力地称赞他人，是因为这样可以招致别人对这个人的嫉妒，从而达到中伤的目的。"最恶毒的敌人就是正在恭维你的人。"所以希腊人有句谚语："谁被人恶意称赞，谁的鼻子上就会生疹。"①与我们的俗语"说谎的人舌头上要生疮"倒有几分相似。当然，适度的赞誉，如果用得符合时宜，不流于俗，也是有益的。所罗门曾说过，清晨起来大声称赞朋友，无异于对那个朋友的诅咒。过分地夸大人和事就会引发矛盾，招致嫉妒和轻蔑。至于自我标榜，除了极少数情况，都是不得体的。不过称赞一个人的职务或职业，倒是可以完成得优雅大度。罗马的主教们都是些神学家、修道士、经学家，他们对于世俗之事充满不屑和轻蔑，因为他们把一切战争、外交、司法及其他的世事都称为"郡长之事"，好像所有这些事都是郡长和执行官负责的，虽然这些事常常比那些深奥的研究有用得多。圣保罗在自夸时往往穿插一句"容我说句大话"，而说到他的工作时则说"我要赞美我的职责"。

---

① 希腊诗人忒奥克里托斯在他的田园诗中云："我赞美你啊！美人儿！我不会因此而鼻上生疮。""鼻上生疹"或"鼻上生疮"都是指过分诌媚、恭维别人而得到不好的后果。

谈 虚 荣

　　《伊索寓言》中讲了一个极妙的故事,说是一只苍蝇伏在一辆战车的轮轴上,骄傲地说:"看我扬起了多少的灰尘啊!"有些爱慕虚荣的人就是这样,对于任何事情,无论是自然发生的还是由更大的外因驱动的,他们只要一插手,便认为是自己促成了这些事。爱夸耀的人一定喜欢党派斗争,因为一切的夸耀都必须依靠较量。要夸下海口必须言辞激烈。但他们又不能保守秘密,因此办事不会牢靠。按照法国的谚语来说就是:"声音大,成果小。"

　　然而在政治事务中这种特质倒是有一点用处的。每当人们需要营造德才兼备的名望时,这些人都是好的鼓吹①者。此外,如李维在安条克三世和埃托利亚人事件中指出的那样:"对两头都说谎有时也会有神奇的效

---

　　①鼓吹:宣扬,使众人知道。

果。"①例如，如果一个人想要分别联合两位君主对抗第三方，他就会进行游说，往往是分别向这两位君主夸大另一方的声势，以促成联盟；又比如在两方中间斡旋，吹嘘自己对另一方的影响，从而提升自己的声望。诸如此类的情形往往能产生无中生有的神奇效果。因为谎言足以产生见解，见解可以带来实质性的物质力量。

对于军官和士兵来说，虚荣心是一种不可或缺的东西。正如铁可以因为另一块铁的磨砺而变得锋利一样，虚荣心可以激发人的勇气。在那些代价和风险都比较大的伟业当中，投入一些虚荣心强的人，的确可以给事业注入活力；而那些生性稳重、头脑清醒的人发挥的是压舱物而不是风帆的作用。在做学问方面，如果没有一点夸耀的话，那么名扬天下也是很困难的。那些著书立说，视虚荣为粪土的人也不会反对把自己的名字写在扉页上。苏格拉底、亚里士多德、盖伦也都是喜欢夸耀自己的人。虚荣心的确可以帮助人们留名青史，德才被世人推崇常常并不是因为自身的圆满，而是由于人们有好德之心。所以名垂青史的人大都是通过这种途径。如果西塞罗、塞内加、小普林尼不进行自我粉饰，他们的名声也不会经久不衰。虚荣心就像天花板上的那层油漆，正是它使得天花板不但光亮而且历久弥新。

然而在上面的论述中，我指的虚荣并不是塔西佗描述穆奇阿努斯身上的那种品质，即他的一言一行都巧妙地展现炫耀自己的技巧②。必须知道我所提的技巧并不是出于虚荣心，而是出于自然得体的宽容和谨慎。

① 公元前 192 年，塞琉西国王安条克三世应埃托利亚人邀请进入希腊，第二年就被罗马军打退。两者联盟有一定的政治缘由，但起重要作用的是从中充当说客的人，不断向西方鼓吹、动员，就促成了两方同盟的建立。培根在此，批评了无限夸大、虚捧所带来的不利影响。

② 古罗马暴君尼禄死后，各地拥立新皇帝。手握重兵的叙利亚总督穆奇阿努斯抛弃自己的忌妒心，将自己的军队交给维斯帕芗，并助其登上罗马帝位。

有些人运用得不仅自然得体而且从容优雅。因为宽容、让步、谦虚等行为如果运用得当，就是粉饰自己的技巧。在这些技巧当中，最妙的就是小普林尼谈及的那种，那就是如果你发现别人在你擅长的领域有一点长处，你就应该毫不吝啬地对其大加赞扬。他的原话十分精妙："赞扬别人就是褒奖自己。因为别人被你赞赏的地方要么比你出色，要么比你逊色，如果他比你逊色而受到赞赏，那你就更加值得赞赏；如果他比你出色而没有受到赞赏，那么你就更不值得被赞赏了。"爱虚荣的人是智者轻视的对象，是愚者羡慕的对象，是谄媚者崇拜的对象，而这些人都是受虚荣心支配的奴隶。

谈荣誉与名声

赢得荣誉不过是原原本本地展现一个人的才德和价值,但一些人做事就是为了追求荣誉和名声。他们虽然常常被人谈及,但能被人从心底里佩服的却很少。而有的人却恰恰相反,他们行事低调掩盖自己的能力,因而常常被人低估。如果一个人所做的事之前没有人尝试过,或别人尝试过却半途而废,或这件事别人完成了却并不圆满,那么他所赢得的荣誉将比那些步别人后尘的人更多,哪怕后者更难或更有价值。如果一个人能让自己的行为左右逢源,并且能用某个举动取悦各方,那么就会收获更为响亮的赞歌。一项事业办砸了会搞坏自己的名声,办成了则会为自己获得荣誉。如果一个人在事情完成后得到的诋毁多于赞美,那就说明他不擅长维护自己的名誉。在竞争中得来的荣誉就像切割成多棱面的钻石,最为光彩夺目。因此,一个人应当尽全力地去战胜竞争对手赢得荣誉,如果可能的话,最好在对方最擅长的领域战胜他们。谨言慎行的追随者和仆人能帮助主人名声大噪，"一切名声出自家仆"。嫉妒将会消耗荣誉，而根除他人嫉妒最好的方法就是宣称自己的目标是事业而不是名声，将自己的成功归结为天意和运气，而不是自己的才德或谋略。

君主的荣誉应当按如下等级排列。第一等是开国之君，如罗穆卢斯、居鲁士、恺撒大帝、奥斯曼一世、恩麦尔等。第二等是立法之君，也可以称作是国家第二奠基人或"万世之君"，这是因为在逝世之后他们所建立的法制仍然在统治着国家。这一类人如莱克格斯、梭伦、查士丁尼、埃德加、制定《七章法典》的阿方索十世等。第三等是解放之君，或称保国之君，他们把人们从内战的痛苦中解救出来，或者把国家从异族或暴君的奴役下拯救出来。这一类人如奥古斯都、维斯帕芗、奥雷连、狄奥多里克、英王亨利七世、法王亨利四世等。第四等是开拓疆土之君或卫国之君，他们在光荣的战争中拓展疆土或在光荣的自卫战中抵御入侵者。最末一等是国父，就是那些治国有方，在有生之年创造太平盛世的君主。最后两等的君主都不胜枚举。臣民的荣誉等级应当如下：第一等是为君主分忧之臣，也就是君主委以重任的人，我们称之为君主的左膀右臂；第二等是统兵之臣，也就是代替君王率军出征屡建战功的将领；第三等是心腹之臣或称宠臣，就是那些能得君心而不祸国殃民的内臣；第四等是能臣，就是那些身居高位而能尽其职的臣子。还有一种荣誉也可以跻身于最高荣誉之列，但十分罕见，那就是为了国家利益而甘愿冒险或牺牲自己的人，如克古鲁斯和德西乌斯父子。

谈 司 法

法官应当铭记他们的职责是司法而不是立法,是解释法律而不是制定或颁布法律。不然,法官就会像罗马教会那样,罗马教会假借解释《圣经》之名,对其进行修改和添加,无中生有,托古改制。身为法官,处事方面应该是真才实学多于精明油滑,受人尊崇多于哗众取宠,谨言慎行多于自以为是。最重要的是,刚正正直应当是他们的本分。犹太法律有规定:"移动界石的人将遭到诅咒。"①挪动界石的人固然不对,但如果是法官不公,把界石划分错误,那么他才是挪动界石的主犯。一次不公的判案比累次犯法危害更大,因为累犯不过污染了水流,而不公的判案则是玷污了水源。正如所罗门所说:"姑息恶人的善人就好像污井浊泉一样。"法官的职权涉及诉讼人、双方律师、下属的官吏,甚至是上层的君主和国家。

---

① 见《圣经·旧约·申命记》中云:"挪移邻居地界者,必受诅咒。"

第一，关于案件和诉讼双方。《圣经》说："有人把审判变成了苦艾。当然也会有人把审判变成酸醋。"这两句话怎么理解呢？不公正会使审判变得苦涩，而拖延则会使审判变得酸楚。法官的首要职责是惩治暴行和诈骗。明目张胆的暴力更为恶毒，而秘密掩饰的诈骗更为险恶。还有一些争长论短的鸡毛官司，法官因以妨碍公务为由，不予受理。法官应当为公平的裁决铺平道路，就像上帝削平山峰、填平沟壑一样。所以遇到一方当事人专横跋扈，栽赃陷害，施计耍诈，合谋串证，或借助权势和有名望的律师时，如果法官能够秉公执法，不偏不倚地做出裁决，那么就能显示出他的德行了。"扭鼻子的话必然流血。"压榨葡萄汁的时候如果对机器用力过猛，那么做出来的葡萄酒必然是苦涩的，而且带着一股葡萄核的味道。法官必须格外谨慎，不可以穿凿附会，世界上最坏的曲解就是对法律的曲解。尤其在刑法中，法官必须注意，不能把警戒的法律变成严刑峻法。他们也必须注意，不能把《圣经》上所说的"网罗之雨"①下到百姓头上，因为过于强硬地实施刑法就是把"网罗之雨"下到百姓头上。贤明的法官应该限制实行过时的条款，它们可能很久不被施行或已不适用于当下。法官的职责不仅仅是要审查某案的事实，还要审查事实的背景和环境等等。在人命关天的案件中，在法律许可的范围内，法官公正执法时也应当怀有仁慈之心，应当以严峻的眼光看事，以悲悯的眼光看人。

第二，关于法官和控辩双方的律师。耐心而慎重地听取律师的陈述是法官的基本素质之一。一个聒噪的法官就像一件音调不和的乐器。对于法官而言，在判案的过程中，自己抢先发现本应由律师陈述的事实，或者过早地打断律师的陈述以显示自己的明察，或者通过提问（即使是与案

---

① 见《圣经·旧约·诗篇》中云："他要向凶恶之人撒下密网，烈火、硫黄、热风给他们做杯中之物。"

情有关的提问)来引发当事人提早披露想要陈述的事实,这些行为都是失职的。法官审理案件有四项职责:一是指示取证;二是限制发言时间,避免时间过长,避免发言人重复那些与案情无关的陈述;三是总结,提取并核实发言人的陈述;四是做出裁决或判决。如果超出了上述的职责范围就是越权——要么是由于法官好出风头,喜欢多言;要么是由于他没有耐心去听取陈述,或者是由于记忆力不佳;要么则是由于他注意力偶尔不集中。说来奇怪的是,法官常常被骄横而滔滔雄辩的律师所左右。其实,法官应该仿效上帝,因为他们坐的就是上帝的位置,而上帝的职责是除暴安良。更为奇怪的是,法官居然有自己喜爱的律师,这样就不免会哄抬律师的诉讼费用,还有招致乱七八糟的嫌疑。如果律师办案得宜,辩护有力,法官给予这样的律师肯定是合情合理的。尤其是抚慰败诉方的律师,因为这样能维持律师在委托人心里的声望,并且打消委托人自以为是、稳操胜券的念头。同样,当律师在诉讼的时候诡辩狡猾,玩忽职守,举证不足,咄咄逼人或强词夺理,法官当众予以适当批评也是合情合理的。律师不能在法庭上与法官唇枪舌剑地争论,或在法官宣判之后仍然对此事纠缠不休。此外,法官也不能迁就律师,折中妥协。不能给当事人口实,表明法庭没有听取他的律师的陈述和证词。

第三,关于法官下属的办案人员。法庭是个神圣的地方,因此不论是法官的座席,还是法庭的站台、听证的空地等都应该是一尘不染的,没有丑闻和腐败的容身之所。正如《圣经》上所说:"在荆棘中是采不来葡萄的。"如果法官下属的办案人员贪污受贿,那么法庭也就成了一片荆棘,是不会结出甜美的果实的。法庭的办案人员主要分为四类恶势力。第一类是包揽诉讼,挑拨是非,使法庭积案如山,国家日益贫乏的人。第二类是将法庭卷入司法管辖权之争的人,他们并非是法庭的朋友,而是法庭的寄生虫。他们为了一己私利将法院吹得神乎其神，超出了它的权限。第三类人可以看成是法院的爪牙，他们狡诈多端，扰乱司法程序，将案件的审理引入歧途和迷宫。第四类就是那种包揽并敲诈额外费用的人们。我们完全有理由将法院比作灌木丛：当羊在暴风雨中逃向灌木丛以抵御恶劣天气的时候，它是免不了要损失一部分的羊毛的。相反，一个熟悉判例、谨言慎行并且通晓法律事务的老书记员或办案人员，则能成为法庭的得力人手，甚至常常能为法官指点迷津。

第四，关于君主和政府。法官应当首先牢记《罗马十二铜法表》的结语："人民的幸福是最高的法律。"同时法官应该懂得，如果法律不以保障人民幸福为目标，那么法律就是对民众毫无理由的苛求，是没有收到神灵启示的神谕。因此，如果君主和政府常常与法官协商，法官也常常与君主和政府商议，那么这是一国的幸事。前者就发生在法律阻碍国家政务的时候，后者就发生在国家政务对法律有阻碍的时候。很多时候引起诉讼的争端可能是鸡毛蒜皮的私事，但这个事件的缘由和后果可能会影响到国家大事。所谓的国家大事，不仅仅是有关君权的事，还包括那些可能导致重大变故、产生危险的先例或对大部分国民有明显影响的事情。还有就是，任何人都不可轻率地认为，在公平的法律和合理的政策之间会存在任何对立，因为他们就像精神和肉体一样，必须协调一致。法官们也必须牢记，所罗门的王座两边是由雄狮护卫的。法官是"雄狮"，但仍然是王座下的"雄狮"。必须时刻谨言慎行，不可以在任何方面约束或妨碍君主行使王权。法官也不可以不了解自己的正当权利，忽略了这一事实：他们自己的一项主要的职责就是明智而精确地施行法律。他们应该记得，圣保罗在谈及一部更伟大的法律时说："我们知道这律法原本是极好的，关键在于司法者要依法行法。"

谈 愤 怒

想要彻底消除愤怒情绪，不过是斯多葛学派不切实际的说法。我们的神谕更加切合实际："有怒气可以发作，但不可以因为发作而犯罪，也不可以在日落的时候还愤愤不平。"愤怒是人之常情，但必须在程度上有所节制，在时间上有所限制。下面我将首先讨论如何克服易怒这种天性和习惯；其次谈一谈怒火中烧时，怎样平息怒火或者至少免于因发怒而酿成恶果；再次谈一谈怎样使他人动怒或平息怒火。

关于第一点，唯一的方法就是对发怒的后果进行认真反思，思索它是怎样搅乱你的生活的。反思的最好时机就是在怒气全消之后。塞内加说得好："怒气就像崩塌的房屋，在房屋倒下后会留下一片废墟。"《圣经》也规劝我们："要保持冷静和忍耐，这样才能保全灵魂。"人如果失去了耐心，那么也就失去了灵魂。我们绝不能像蜜蜂那样，为了愤怒的一蜇而断送了自己的性命。

愤怒确实是一种令人鄙弃的品行。它总是出现在妇孺病残之时或年轻人软弱之时,因为这种时候人们最容易受怒气的支配。人们也必须注意,如果对方激怒你,那么,你应该向对方表现出蔑视而不是恐惧。这样才能使自己免受更加严重的伤害。自己能够控制自己,这是一件很容易办到的事情。

对于第二点,发怒的原因和动机主要有三。一是对伤害过于敏感。因为一个感觉不到自己受到伤害的人是不会动怒的。因而软弱而敏感的人可能会经常生气,他们最会遇上令人恼怒的事,而这些事对性格坚强的人则没有什么影响。二是一个人在受伤害的时候也同时受到了对方的蔑视,这也容易引发愤怒。因为轻蔑本身就激怒人,甚至比伤害本身更能使人上火。因此当人们被他人蔑视的时候,他们极其容易动怒。三是如果人们的评价涉及或有损人们的名誉,那么更会助长人们的愤怒。在这个时候,最好的调节方法就像贡萨洛常说的那样,一个人应该有一个"更为厚实的荣誉防护网"。抑制愤怒的方法多种多样,但最好的调节方法就是时间。人们必须确信报复的时机终将会到来,他要做的就是等待时机,隐而不发。

如果要使当场发作的怒气不造成严重的伤害,有两点需要注意。一是泄愤之言不得过于尖刻,特别是不能指名道姓地恶语伤人。必须知道泛泛地骂一骂也可以消除愤怒。还有,在盛怒的时候也不能揭别人的老底,否则众人将会避免与你交往。二是不能因为一时的愤怒而断然抛开自己的职责。总之,无论你怎么样大动肝火,也不要做出无法挽回的事来。

如果想去激怒别人或者平息别人的怒火,时机的选择至关重要。若要激怒他人,要在对方情绪最糟、最为急躁的时候激怒他。然后就是使用上文提及的一切手段,加重对方遭受蔑视的感觉。平息怒气的方法则与上述方法恰恰相反,其中尤有两点需要注意:其一是第一次与人谈及可能会让对方生气的事,一定要选择他心情好的时候,因为第一印象十分重要;其二是如果伤害不可避免,那就尽可能让对方觉得伤害中完全没有轻蔑的成分,你应当将这些归咎于恐惧、激动或者其他你能想到的理由。

谈变易兴亡

所罗门说:"世上并无新鲜之事。"①与此类似,柏拉图也认为"一切的知识都不过是回忆"②。所以所罗门的说法是,一切的新鲜事不过是被人遗忘了的事而已。由此看来,遗忘之河③不仅在阴间流淌,也在人间流淌。一位高深玄妙的占星学家曾说,世上亘古不变的东西有两样:一样是天上的恒星,它们彼此之间永远保持固定的距离,永不靠近也永不远离;另一样是永远守时的地球旋转。除了这两者,其他一切都转瞬即逝。可以确信的是,万事万物都在不断变化,永不停歇。这一切最终都会被洪水

---

①在《圣经·旧约·传道书》中有这样一句话:"已有之事,后必再有;已行之事,后必再行。日光之下,并无新事。"

②柏拉图认为人在出世之前已具备知识,只是出生后又忘记了。只不过要经过具体事情的刺激,人才可回想起来,我们称之为"前识说"。

③遗忘之河:希腊神话中冥府里的一条河,进入冥府的魂魄饮其后必会忘记前世之事,和我国传说的"奈何桥"之"孟婆汤"相似。

和地震这两样东西像裹尸布一般埋入遗忘之河。至于大火和干旱,它们虽然会带来破坏,但不会完全毁灭人类。法厄同的火焰车也不过只跑了一天,就停了下来①。以利亚时代的那场三年之旱,也不过是局限在某个地区,许多人还是活了下来。雷电引起的林火尽管在西印度屡屡发生,但影响的地区毕竟有限。虽然在毁灭性的洪水和地震中也有人幸存,但需要进一步指出的是,他们大多是目不识丁的山野之民,不可能对过去进行任何的记载,所以就和无人幸存一样,所有的往事都被淹没在遗忘中。如果你对西印度居民深入考究一番,就会发现他们并非旧世界中的原始居民,而是后来出现的新人种。很有可能以前将那里毁灭的不是地震,而是洪水,因为地震在这些区域里是极其罕见的,埃及的僧侣曾经告诉梭伦,大西岛是在一次地震中被海水吞没的。但另一方面,西印度有很多浩荡的大河,与之相比,欧亚非三洲的河流不过是涓涓细流。另外他们的安第斯山也远比我们欧洲的山脉高。由此可以推测,西印度人正是凭借崇山才在那场特大洪水中幸存下来的。马基雅维利认为宗教争斗是导致历史被人遗忘的原因,支持他的证据是格列高利一世曾全力毁灭一切异教的文物古迹。我却不认为这种狂热能起多大作用或能持续多久。因为后来萨比尼安一继位,就又恢复了原来多神教的风俗习惯。

天体的演变不在本文的讨论范围之内。如果这个世界真的能延续那么久,那么也许柏拉图的"大年说"②能起一些作用。不过这种作用并不是使每个具体的人起死回生,而是使整个世界周而复始。有人认为天体对

---

①据希腊神话传说云,法厄同乃太阳神赫利俄斯的儿子,他私自驾驶着其父的太阳车在天上狂奔,险些将整个世界焚毁。所幸,宙斯发现了他,用雷电将其击毙。

②柏拉图在他的《蒂迈欧篇》中认为,世界初开后12 954年,所有的星球运行到它开始的位置上,一个新的时代也将开启。

人世间微小的事能产生精确的影响，这种想法只是妄想。毫无疑问，彗星对世间大事确实会产生影响力和作用力，但世人只是对彗星的轨迹轨道进行仰望和观察，而对他们的具体影响少有研究，包括他们是什么样的彗星、大小如何、颜色怎么样、光线变化如何以及在天空上出现在什么位置、持续时间有多长、可能会带来何种影响等。

我听过一个无关紧要的说法，我不想让人轻易地忽略这一点。据说在低地国家（我也不知道在哪个地方）有一种说法，每过三十五年就会出现相同的年景和气候，如严霜、淫雨、大旱、暖冬和凉夏。他们把这种现象叫作"周而复始"。我之所以提及此事，是因为我在过去的若干年中确实亲历过类似的现象。

现在让我们暂时抛开自然界的变迁，来谈一谈人世间的变化吧。人世间的变化中，最重要的莫过于宗教的更迭。就像轨道严格控制着行星的走向一样，宗教同样严格地掌握着人的灵魂。真正的宗教是建立在磐石之上的，其余的则是颠簸于时间的汪洋之上。现在我想谈一谈新宗教兴起的原因及我的看法，希望尽自己所能制止类似的大变更。

如果一个为人们广为信奉的宗教因为内讧而分崩离析；如果信奉者的德行堕落，生出诸多丑闻，而此时又恰逢一个愚昧无知的野蛮时代，那么只要有个狂妄怪异的人揭竿而起，你就会发现一个新的宗教就要崛起了。如果一个新宗教不具备以下两种特性，你就大可不必担心，因为它是不可能广为传播的。一是能推翻或反对现有的教会霸权，这是最得民心的；二是允许教徒寻欢作乐，花天酒地。因为这些标新立异的异端邪说，如果不借助政治上的活动，即便能蛊惑人心，也依然无法造成政局上的重大变化。新宗教的确立有三种方式：一是依靠异兆和奇迹的力量；二是依靠雄辩而明智的演讲和说服力；三是凭借武力。至于殉道，我把它们归为

奇迹这类,因为这些行为好像超越了人性的力量。我把超凡脱俗而令人
羡慕的圣洁生活也列入这一类。诚然,阻止宗教分裂和新宗教兴起的最
好办法不是改良弊端、调和细小的分歧、对信仰新宗教的人使用怀柔政策
以及不搞残酷迫害,而是拉拢并重用新宗教的领袖。

军事上之所以风云变化,主要有三点原因:一是战场,二是武器,三是
战略战术。古代的战争似乎都是自东向西的,作为侵略者的波斯人、亚述
人、阿拉伯人和鞑靼人都是东方人。高卢人确实是西方人,但他们被载入
史书的侵略只有两次:一次是入侵加拉西亚,一次是进犯罗马。不过东方
还是西方并不是固定的,因此我们也不能确定战争的方向到底是自东向
西还是自西向东。但南与北是固定的,南方入侵北方史上罕见,相反的情
形倒是屡见不鲜。由此可见,世界的北部都是一些好战且侵略性很强的
地区。这也许与北半球的星座有关,或者与北方都是大陆有关。而据我
所知,南半球几乎是一片汪洋。北方的严寒气候是造成这一现象的一个
显而易见的原因,在这种气候条件下,人们即使不加锻炼也会身体强健、
血性刚烈、骁勇善战。

一个强大的国家到了风雨飘摇、分崩离析的时候,往往就是战争爆发
的时候。那些庞大的帝国在强盛之时,往往都削弱或消灭他们征服的各
个民族国家的军事武装,只依赖于统一的帝国军队来增强防御。而当帝
国衰落的时候,这些殖民地就沦为了刀俎之肉,与帝国一同灭亡。罗马帝
国颠覆时就是这样的局面,查理大帝之后的日耳曼帝国也是如此。西班
牙衰败的时候也会面临这样的局面。一个国家的大举扩张、多个王国的
结盟也会引发战争,因为一个过于强盛的国家就如同洪水,迟早会泛滥成
灾。罗马、土耳其、西班牙等国的情况是可以引以为鉴的。如果未开化的
野蛮民族只占世界人口的极少数,并且他们缺乏必要的谋生手段而不去

结婚生子(除了鞑靼国),现在世界各处的情形差不多都是这样,那么就没有人口泛滥的危险。如果一个民族人口众多,不断繁衍生息,但缺乏必要的生存条件,那么每隔一两代他们就必须将本族的部分人口迁出。古代北方的民族常使用抽签的办法决定哪部分人可以留下,哪部分人必须外出谋生。当一个好战的国家到了日薄西山的时候,那么必然会引发战争。因为这些国家在衰退之时经济上却变得越来越富有,所以就成了众人眼中的肥肉,它们在军事上的衰退必然会引发他国对其用兵。

至于武器的变化,则是无章可循。但是我们也注意到,武器的使用随着时代的前进而变化轮回。准确地说,我们都知道印度人在奥克斯拉斯城之战中就曾使用过火炮,这种武器被马其顿人称为雷电与魔法之神器。而众所周知,中国人使用火炮已有两千年的历史。武器的性能和使用方面规律如下:第一,射程要尽量远,这样可以减少危险,这点在大炮和毛瑟枪方面表现最为明显;第二是攻击力要强,在这个方面,枪炮又比各种攻城武器和古代发明厉害;第三是使用必须方便,例如要适用于任何天气、搬运轻便、易于操作等等。

至于战略战术的变化,起初,人们作战过于依赖士兵的数量,在战争中依靠他们的士气。他们预先约定作战时间,选好战场,在平等的条件下一决雌雄,却对排兵布阵不甚了解。后来他们才明白兵不在多而在精,才逐步学会抢占有利地形和迂回包抄、声东击西等战术,渐渐巧于布阵。

一个国家在年轻时往往是武力最强的时候;在中年时,学术则比较发达,然后会有一段文武并兴的时期;到了衰颓的晚年,则是工艺技术和商业贸易最为发达的时期。学术也有幼稚的童年期,接着才是风华正茂的少年期,然后是厚积薄发的壮年期,最后就是每况愈下的晚年期。但是对于这些世事变迁不宜看得太多太久,否则人们会对此感到头昏眼花。至于有关变迁的历史,不过是一种轮回,这里也不宜探讨。

谈 谣 言

诗人们把谣言描述成长相奇特的怪鸟,在他们的描述中,谣言时而亮丽,时而深沉。他们是这样描述谣言的:"你看她有多少羽毛;羽毛之下有多少只眼睛;她有多少条舌头,多少种声音;她能竖起多少只耳朵来!"

这是极其华丽的辞藻,除了这些,还有很多极佳的譬喻,例如:谣言走得越远力量越大;她在地上走,可是头藏在云里;她昼伏夜出;她把已做的事和未做的事混在一起,亦真亦假;并且她对于大城市是一种可怕之物。但是这些说法中,最贴切的就是:大地女神该亚即那些因向朱庇特宣战而遭杀戮的巨人们的母亲,因为儿子们被杀戮,一怒之下创造了谣言。① 之所以说这个譬喻最好,是因为叛逆之徒巨人们与招致叛乱的谣言和毁谤乃是兄妹,阴阳互生。这一点毋庸置疑。然而,假如一个人能够驯服这个

---

① 维吉尔、奥维德和赫西俄德等诗人都在自己的作品里对这一事件有叙述。雅典还有"谣言"之神的祭坛,但在神谱系表里并未有对她的记载。

怪物,使她俯首帖耳就食于掌心,并利用她去攻击并杀戮别的鸷鸟,那么谣言倒是很有利用价值的。但是说这种话的人也受了诗人作风的影响了。现在我就以一种悲观而严肃的态度来谈一谈这个问题。在所有关乎政治的事物中,谣言是最值得讨论的话题,但相关的著作数量却最少。我们将从以下几点来深入探讨谣言:何为假谣言;何为真谣言;最好的辨别方法是什么;谣言是如何产生、兴起、散布和增多的;如何抑止并消灭它们以及如何界定谣言的性质。谣言十分强大,它能够参与所有的重大事件,尤其是战争。穆奇阿努斯颠覆维特里乌斯的时候,所用的方法就是散布流言,说维特里乌斯有意调换罗马在叙利亚和日耳曼的驻军,于是驻叙利亚的军队就非常愤怒,因而发动兵变。尤里乌斯·恺撒在攻打庞贝之前,事先使庞贝丧失警戒心,使其军事防备松懈,然后攻其不备。恺撒自己放出狡诈的流言,说自己的军队对自己已经没有好感了,并且这支从高尔满载而归的军队已疲于征战,只要自己进攻意大利,他们就会弃自己而去。莉维亚为了帮助她的儿子提比略继承王位,所用的方法也是不断地散布谣言,说她的丈夫,奥古斯都大帝,御体转危为安了。土耳其的总督们,常常对亲卫兵和军士隐瞒土耳其皇帝驾崩的消息,以防他们洗劫君士坦丁堡。地米斯托克利放出谣言,说希腊人要把波斯王热可塞斯所造的横跨赫勒斯滂的舟桥给毁了,其结果是热可塞斯急急忙忙地离开了希腊。这些谣言,不胜枚举。因为我处处都可以碰见这样的例子。因此,一切贤智的统治者都应当注意并警惕谣言,就像他们注意自己的行动与计划一样。

1. 真理是一种无隐无饰的白昼之光,若要映衬出世间种种舞会,演出或庆典的优雅高贵,此光远不及灯烛之光。真理之价可贵如珍珠,在日光之下尽显璀璨,但不可能贵如钻石和红玉,在五彩光线点缀下尽显辉煌。

(《谈真理》)

2. 复仇之心战胜死亡,爱恋之心蔑视死亡,荣誉之心渴求死亡,悲痛之心奔赴死亡,恐惧之心预示死亡。 (《谈死亡》)

3. 美德无疑就像名贵的香料,当它们燃烧或是碾压之时,最显芬芳,因为幸运最能揭露恶性,厄运最能彰显美德。 (《谈厄运》)

4. 最好的折中组合是保持坦荡光明的美名,养成守口如瓶的习惯,适当使用掩饰技巧,迫不得已时才使用伪装能力。 (《谈伪装与掩饰》)

5. 好事并且八卦的人往往善妒。他们四处打听别人的私事并不是因为那与自己的利益密切相关,而是因为他们能够从窥探他人的祸福中寻找一种看戏般的乐趣。此外,一个专注己业的人根本无暇嫉妒他人。因为嫉妒是一种四处飘荡的情欲,游走街头而不会流连家中,正如古人所说:"好管闲事者必然心怀不轨。" (《谈嫉妒》)

6. 在人类所有的美德和高尚的精神中,善是至高无上的,因为它是上帝的品性。如果没有这种品质,人们便会成为碌碌无为、有害无益、甚至卑鄙无耻的生物,与寄生虫没有区别。 (《谈善与性善》)

7. 旅行,对年轻人来说是一种教育,对老年人来说是一次经历。

《谈旅行》

8. 事情一旦到了执行阶段,最好的保密方法就是快速敏捷,就像出膛的子弹在空中飞速穿行,而肉眼无法察觉一样。　《谈拖延》

9. 友谊有一个很重要的效用是,使人心中由于各种情绪产生的愤懑抑郁之气得以宣泄释放。……友谊的第二个效用,是可以启发智力,管控理智……友谊在感情方面可以让人有雨过天晴一样的温暖,而在理智方面又能给人由黑夜进入白昼一般的豁然开朗。　《谈友谊》

10. 不要去追寻耀眼的财富,而要追求能将财富取之有道,用之得当,乐于施舍,安然留于后人。　《谈财富》

11. 野心就像胆汁,若不受阻,就是一种能够使人积极、热情、敏捷并且振奋的体液,但是一旦受阻,流动不畅,就会使人阴沉恶毒。

《谈野心》

12. 人的本性常藏而不露,有时会被压制,但很难被消灭。相反,压力会让本性变本加厉。纪律和教育能使本性变得规矩,然而只有通过习惯才能改变、征服本性。……人的本性不长芳草,就生野草,因此一定要适时浇灌芳草,锄掉荒草。　《谈人的本性》

13. 美德犹如宝石,最好用朴素的背景来衬托;当然,漂亮的人拥有才德最好,但美并不一定非得外表光鲜,只要端庄得体就好。　《谈美》

14. 阅读使人充实,讨论使人机敏,笔记使人严谨。　《谈学习》

15. 历史使人明智,诗歌使人灵秀,数学使人精确,自然科学使人深邃,伦理学使人庄重,逻辑修辞学使人善辩。　《谈学习》

读后感

扫一扫封底二维码，参加"春雨杯·教育部推荐中外名著读后感大奖赛"吧！